Markus J. Hirsch

Das karge Mädchen

INNSALZ

Markus J. Hirsch
Das karge Mädchen

Verlag INNSALZ, Munderfing 2021
Gesamtherstellung & Druck:
Aumayer Druck + Verlag Ges.m.b.H. & Co KG, Munderfing
Printed in The European Union

Coverbild: Ausschnitt aus einem weiblichen Akt
Maler unbekannt, in Privatbesitz

ISBN 978-3-903321-46-5
www.innsalz.eu

Markus J. Hirsch

Das karge Mädchen

INNSALZ

Freedom is just another word for
nothing left to lose

(Janis Joplin)

I

Sie beugte sich über ihn. Sie schmeckte seinen Atem und roch seinen Schweiß.

Er hielt die Augenlider geschlossen. Das fahle Licht, das von der Straßenlaterne in das Zimmer fiel und sein Gesicht streifte, versicherte ihr, dass er schlief. Natürlich schlief er; sein Schnarchen hatte sie geweckt. Sein Schnarchen ließ sie keine Nacht mehr schlafen.

Sie richtete sich auf und nickte. Ein Blick auf den Wecker, der auf dem Nachtkästchen stand, bestätigte ihre Vermutung: drei Uhr morgens, mitten in der Nacht.

Sie seufzte, leise, damit er sie nicht hörte. Dann schlich sie in der Finsternis den Gang entlang in die Küche, schaltete das Licht ein und öffnete die breite Lade, in der sie ihr Kochbesteck aufbewahrte. Die Klingen funkelten. Das große Fleischermesser lag still in ihrer Hand. So schwer, so verführerisch, so sicher.

Sie spürte, als sie auf den schlafenden Körper ihres Mannes starrte, dass sie mächtig war. Dass sie eine Macht in sich trug und in ihrer Hand hielt; die Macht, seinem Leben – hier und jetzt – ein Ende zu setzen. Ein rascher, schwungvoller Stich. Sie war an harte Arbeit gewöhnt, sie hatte Kraft in ihren Armen. Er würde es nicht einmal merken. Noch ehe er erschrocken die Augen aufreißen konnte, wäre alles vorbei. Sein Leben ausgespien, in die Bettdecke geblutet. Noch nicht einmal Zeit für einen letzten Schrei.

Sie wusste, dass sie ihn auch heute nicht töten würde.

Sie würde – auch heute – einfach wieder mit dem Messer in der Hand in der Dunkelheit des Schlafzimmers stehen und ihn betrachten, die Macht auskosten, die in ihren Händen lag, und beruhigt, bestärkt das Messer zurück in die Schublade an seinen angestammten Platz legen und sich anschließend wieder in ihre Hälfte des Bettes zurückziehen, durchatmen und einschlafen. Ihn vielleicht noch kurz umarmen, seinen Namen flüstern, sich an ihn klammern. So wie sie es gestern, vor einer Woche, vor einem Monat getan hatte. Die Zeit war noch nicht reif.

Noch liebte sie ihn. Noch konnte sie das Leben an seiner Seite ertragen. Noch genügte ihr die Sicherheit, ihn töten zu können, um weiter mit ihm zu leben.

II

Als sie am Morgen erwachte, fand sie die andere Hälfte des Bettes leer. Die Decke und der Kopfpolster waren noch zerknüllt; ein Blick auf den Wecker – kurz vor halb sieben Uhr – sagte ihr, dass Josef nur aufgestanden und auf die Toilette gegangen war. Er würde gleich zurückkommen und sich noch einmal kurz hinlegen.
Da! Sie hörte schon das Geräusch der Spülung, den Wasserhahn, das leise Quietschen der Klotür.
Sie drehte sich auf ihre Seite, zur Wand hin, und umklammerte ihren Polster, drückte ihn gegen ihre Brust und ihr Gesicht, sog den Geruch der Nacht ein. Auch ihr blieben noch ein paar Minuten, bevor es für sie Zeit wurde aufzustehen.
Sie spürte, wie Josef sich über sie beugte, seinen Arm auf ihren Arm und seinen Mund an ihr Ohr legte und dabei zärtlich flüsterte: „Guten Morgen, Liebes!"
Er konnte so sanft sein, wenn der Tag noch vor ihnen lag. Sie fühlte sich geborgen, er schenkte ihr Halt. Sein Glied drängte gegen ihre Schenkel. Sie gab seiner Lust nach. Die Nacht hatte ihre eigenen Regeln gehabt. Die Nacht war vergangen. Jetzt herrschte Tag.

„Zu wem musst du heute?", fragte er sie, als sie beide geduscht hatten und nun gemeinsam am Küchentisch saßen. Der Sex war gut gewesen und hatte ihr Appetit gemacht, auf das Frühstück und auch auf das Leben.

Endlich wieder einmal.
Herzhaft goss sie sich eine zweite Tasse Kaffee ein, schön stark, obwohl ihre Lebensgeister bereits geweckt worden waren, und griff nach einem weiteren Stück Brot, das sie großzügig mit Butter bestrich. Sie konnte es sich leisten. Für Mitte vierzig war sie immer noch schlank, und außerdem lag ein anstrengender Tag vor ihr.
„Heute ist Dienstag", nuschelte sie, weil ihr der Bissen Brot auf der Zunge lag und ihr das Sprechen erschwerte. Sie schluckte und lächelte ihn an. Nur Josef gegenüber nahm sie sich die Freiheit heraus, mit vollem Mund zu sprechen. Nach dreiundzwanzig Jahren Ehe waren sie einander so innig vertraut, hatten keine Scham und keine Geheimnisse mehr voreinander.
Einmal abgesehen davon, dass du jede Nacht mit einem Messer in der Hand im Schlafzimmer stehst und dich über ihn beugst, hörte sie ihre eigene Stimme mahnend zu ihr sagen, doch sie verbannte diesen Gedanken entschieden aus ihrem Kopf. Die Nacht gehörte der Nacht, der Tag dem Tag. Auf ihre Antwort wartend blickte er sie an, und sie spürte, dass sie ihn liebte. Mimi trat in die Küche, blickte sich um und blinzelte sie an.
„Heute ist also Dienstag", fuhr sie fort, während sie aufstand und zum Kühlschrank ging, die offene Dose Katzenfutter herausnahm und in Mimis Schüssel leerte. Die Katze schnurrte und rieb sich an ihrem Bein; ihre Art, danke zu sagen.
„Das bedeutet, dass ich ab neun bei den Klingers in der Küche bin; das wird bis etwa drei Uhr dauern, wenn

wir halbwegs pünktlich fertig werden. Und dann geht es zu Frau Haider, wo sicher wieder ein Berg Wäsche auf mich wartet. Vor sieben am Abend werde ich wohl kaum zu Hause sein."

Er stöhnte und schüttelte den Kopf. Sie wusste, was nun kommen würde.

„Ich wünschte, du müsstest nicht so viel arbeiten, Maria. Ich wünschte, ich würde in der Scheißfabrik mehr verdienen und könnte dir ein besseres Leben bieten. Damit du nicht jeden Tag zu fremden Leuten kochen und putzen gehen musst. Damit du auch, wie die Frauen von Hans und Herbert, jeden Vormittag im Kaffeehaus sitzen könntest, anstatt dich abzurackern."

Er seufzte und fuhr sich mit zitternden Händen durch sein Haar, das erste graue Strähnen zeigte.

„Die Klingers sind keine Fremden für mich, wie du weißt; und auch wenn die alte Haider viel über ihre Familie redet, im Grunde ist sie eine nette, einsame Frau, die gut dafür zahlt, dass ich ihr zuhöre und zur Hand gehe.

Es ist gut so, wie es ist, Josef! Und du kannst ja nichts dafür, dass eure Auftragslage im Moment so schlecht ist. Ich arbeite gerne, und ich verdiene gerne mein eigenes Geld. Das tue ich, seit ich sechzehn bin!

Und glaube mir, ich wasche zehnmal lieber die Berge von Geschirr ab, die mich heute erwarten, als mit Hannah und Andrea beim Kaffee zu sitzen."

Tröstend tätschelte sie seine Hand.

Was sie sagte, stimmte. Sie war es gewohnt, hart zu

arbeiten, das machte ihr nichts aus. Im Gegenteil, sie hätte es nicht ausgehalten, den ganzen Tag über untätig daheimzusitzen, nur das bisschen Haushalt zu erledigen, das anfiel, nur ein wenig in ihrem kleinen Garten herumzugraben, nein, das würde sie krank und unleidlich machen, nicht die viele Arbeit. Sie brauchte etwas zu tun, ansonsten würde ihr die Decke auf den Kopf fallen. Besonders jetzt. Ja, vielleicht wenn sie Kinder gehabt hätten, so aber …

Bei mehreren Spezialisten waren sie gewesen, beide hatten sie sich untersuchen lassen, nicht nur ein Mal. Die Antwort war stets die gleiche gewesen: „Eigentlich sind Sie beide völlig gesund. Eigentlich dürfte es bei Ihnen mit dem Schwangerwerden keine Probleme geben."
Nur, eigentlich hatte es nie funktioniert. Welche guten Ratschläge sie auch befolgt und welche (ach so sicheren) Methoden sie auch angewendet hatten. Es sollte offenbar nicht sein. Der Stapel an Rechnungen der großartigen Experten auf der Anrichte war das Einzige, was stetig wuchs. Maria und Josef, und kein Kind, wie ironisch!
Irgendwann hatten sie es aufgegeben.
„Zumindest wegen der Verhütung braucht ihr euch keine Sorgen zu machen", hatte Hannah in verschwörerischem Tonfall zu ihr auf der Toilette in einem Lokal einmal gemeint, als sie zu viert essen gegangen waren. „Wenn du wüsstest, wie sehr Hans und ich aufpassen müssen …"
Sie hatte sich dann ein paar Wochen nicht bei ihr gemeldet, was Hannah vermutlich nicht einmal aufgefallen war.

Nein, auf zu häufige Treffen mit den beiden konnte sie getrost verzichten. Da schrubbte sie lieber den Küchenboden bei den Klingers oder hörte sich an, wie die alte Frau Haider über ihre Hüftschmerzen jammerte, während sie ihre Blusen bügelte. Arbeiten machte sie müde, und Arbeiten machte ihren Kopf frei; würde sie nur in ihren vier Wänden herumsitzen, ihren Gedanken nachhängen, die sich ständig im Kopf herumdrehten, gerade jetzt … Nein, dafür hatte sie keine Zeit!
„Es ist gut so, wie es ist, Josef!", versicherte sie ihm. „Das kannst du mir ruhig glauben!
Doch jetzt schau, dass du weiterkommst. Nicht dass du dich verspätest."
„Und wenn schon! Glaubst du, das würde jemandem auffallen?"
Er zuckte mit den Schultern und trank seinen letzten Schluck Kaffee.
„Soll ich dich mitnehmen? Die Klingers liegen auf halbem Weg."
Sie wollte nicht. Dankend lehnte sie ab. Die paar Minuten zu Fuß würden ihr guttun. In Wahrheit wollte sie einfach ein paar Minuten für sich allein haben.

So schlenderte sie die Straße entlang, blieb kurz vor einigen Auslagen stehen und dachte sich: „Ja, die rote Jacke würde mir ganz gut gefallen. Die passt zu mir. Eine neue Jacke würde ich sowieso brauchen, meine sind schon ziemlich abgetragen." Sie ging weiter und winkte zum Gruß den Leuten zu, die sie kannte.

Wie immer war sie pünktlich. Fünf Minuten vor neun Uhr stellte sie im Personalraum der Klingers ihren Korb ab, zog die alte blaue Jeansjacke – „Ja, ich sollte wirklich die rote Jacke in der Auslage anprobieren. Ich habe es mir verdient!“ – und ihre Schuhe aus, nahm ihre Schürze und die Schlapfen aus dem Korb, schlüpfte hinein und strich die Schürze über ihrem Körper glatt. Sie war so weit, die Arbeit konnte beginnen.

„Guten Morgen, Chefin!“, sagte sie mit lauter Stimme, als sie in die Küche trat, wo die angesprochene Frau Klinger gerade mit dem großen Messer die Zwiebel würfelig schnitt und dabei Tränen in den Augen hatte. Sie musste immer weinen, wenn sie Zwiebeln schnitt. Maria wusste das, kein Grund, sich irgendwelche Sorgen zu machen.

„Ah, Maria, guten Morgen! Du bist schon da?“

Irritiert warf sie einen Blick auf die Küchenuhr, die über der Tür, über Maria, an der Wand hing.

„Kinder, es ist ja schon neun Uhr! Wie die Zeit vergeht. Gut, dass du da bist!“

Ein freundliches Gesicht strahlte sie an. Sie lächelte zurück.

Jeden Dienstagmorgen dieselben Worte, jeden Dienstag dasselbe Ritual. Vertrautheit, ja, das war es, was sie empfand, als sie zur Abwasch ging, um mit dem Geschirr, das noch von Sonntagabend dastand, anzufangen. Am Montag hatte das Gasthaus Ruhetag; und erst seit wenigen Jahren gestand es sich die Chefin zu, an diesem einen freien Tag in der Woche auch wirklich

keine Arbeiten im Gasthaus zu erledigen.
Daher wartete das Geschirr auf Maria, so wie die Toiletten und der Gang, die sie putzen und schrubben musste. Sie tat es gerne, auch wenn das Josef nicht verstand. Es war eine vertraute, liebgewonnene Routine; eine Routine, die ihr Sicherheit gab.

III

Ein halbes Kind war sie noch gewesen, erinnerte sie sich, während sie mit dem Schälen der gekochten Erdäpfel begann, die von der Chefin immer zuallererst in der Früh gemeinsam mit der Suppe auf den Ofen gestellt wurden, als sie an der Seite ihrer Mutter zum ersten Mal hier in dieser Küche gestanden war. Die Pflichtschule hatte sie gerade abgeschlossen, mehr Ausbildung konnten sich ihre Eltern für ihre Kinder nicht leisten.
„Reiß dich zusammen", hatte ihre Mutter sie gewarnt, „und vor allem überlass das Reden mir!"
Sie hatte nur genickt, auch wenn sie nicht wusste, was das bringen sollte. Bei sieben verschiedenen Stellen waren sie bereits gewesen. Alle suchten sie dringend ein fleißiges, tüchtiges Mädchen, das zupacken konnte. Alle hatten sie abgelehnt. Sie stammte aus keinem guten Haus, was nützte es da, dass sie verlässlich und freundlich war und in der Schule immer gute Noten gehabt hatte? Nichts. Man werde sich melden, man werde es sich noch überlegen müssen, man habe doch keinen Bedarf …
„Unsere Maria ist ein ganz fleißiges Mädchen", hatte ihre Mutter begonnen, während sie spürte, wie ihre Wangen rot anliefen, „und gescheit ist sie auch. Die Lehrer in der Hauptschule wollten sogar, dass ich sie ins Gymnasium schicke …"
„Hör bloß auf, Mama", dachte sie, „das bringt doch alles nichts."

Eine damals deutlich jüngere Frau Klinger hatte ihrer Mutter mit einer Handbewegung das Wort abgeschnitten und sie angeblickt.
„Wie alt bist du, Mädchen? Maria, richtig?"
„Fünfzehn. In ein paar Wochen aber werde ich sechzehn."
„Knappe sechzehn also", nachdenklich nickte sie, „das ist jung. Kannst du kochen, Maria?"
Ihre Mutter streckte den Rücken und räusperte sich, aber Frau Klinger schnitt ihr abermals das Wort ab.
„Bitte, lassen Sie das Kind selbst für sich sprechen."
„Ich glaube, schon. Zu Hause muss ich oft das Kochen übernehmen, weil ich ja noch fünf kleinere Geschwister habe, um die sich die Mama kümmern muss. Und beim Kochunterricht in der Schule hat mich die Lehrerin gelobt."
Ihre Mutter drückte ihre Hand; sie wurde noch röter. Sie sollte nicht so viel reden. Sie hatte schon viel zu viel gesagt.
„Kannst du putzen, kehren, aufwaschen? Mit einem Besen und mit einem Aufreibfetzen umgehen?"
Darauf gab es eine einfache Antwort: „Ja!"
„Und bügeln? Wie sieht es da aus? Es fällt viel Wäsche an bei uns."
„Ja."
Sie spürte, wie sich der Griff ihrer Mutter um ihre Hand langsam lockerte.
„Wir sind ein Gasthaus, Maria. Die meiste Arbeit bei uns fällt am Wochenende an. Bist du bereit, auch am Samstag

und Sonntag zu arbeiten?"
Mit dieser Frage hatte sie gerechnet. Daher kam auch hier abermals ein promptes Ja.
„Und was sagt dein Freund dazu, wenn du am Wochenende arbeiten musst?"
„Unsere Maria ist ein braves Mädchen", konnte sich ihre Mutter nun nicht mehr zurückhalten, „und mit Burschen fängt die sich noch lange nichts an!"
„Alle junge Frauen interessieren sich meiner Erfahrung nach für junge Männer. Aber gut, ich will mal glauben, dass du noch keinen Freund hast. Letztendlich geht mich das auch nichts an, solange du deine Arbeit verlässlich machst."
Ein Hoffnungsschimmer. Sie hörte, wie ihre Mutter neben ihr aufseufzte.
„Eine Frage hätte ich noch, Maria.
Du bist bald sechzehn. Ist es tatsächlich dein Traum, Küchenmädchen zu werden?"
Sie entschied sich für eine ehrliche Antwort, auch wenn ihre Mutter neben ihr vermutlich im gefliesten Küchenboden versinken würde.
„Ich weiß nicht, was ich später einmal werden will. Aber jetzt will ich einmal Geld verdienen."
Ihre Hand schmerzte, so fest drückte ihre Mutter sie plötzlich wieder zusammen.
„Gut."
Frau Klinger nickte; lächelte zum ersten Mal.
„Hör zu, Maria. Die Arbeit bei uns ist nicht leicht; du wirst ordentlich zupacken und viele Stunden arbeiten

müssen. Aber ich denke, dass du das schaffst. Es kann auch schon manchmal im Stress ein rauer Ton herrschen, aber wir sind ein kleiner Familienbetrieb; was ich damit sagen will, ist: Wir halten auch zusammen.
Wir brauchen noch eine zusätzliche Kraft. Wenn du willst, kann du am Monatsersten anfangen.
Schlaf noch einmal darüber und ruf mich morgen an."
Sie konnte es nicht glauben, sie hatte eine Arbeitsstelle.
„Und jetzt muss ich mich leider entschuldigen", hatte Frau Klinger mit einem Lächeln zum Abschied gesagt, während sie ihnen beiden die Hand reichte, „aber ich muss bis morgen noch drei Sachertorten backen.
Du siehst also, ich kann dich wirklich gut gebrauchen."

„Denkst du, sie weiß nicht, was man über uns erzählt?", fragte sie ihre Mutter, als sie neben ihr auf der Heimfahrt im Auto saß, ebenso hoffnungsvoll wie ungläubig.
„Sei still, Kind, und denk nicht darüber nach. Freu dich, dass du die Stelle bekommen hast. Nur das zählt. Morgen in aller Früh rufst du an und sagst zu. Das macht einen guten Eindruck."
So hatte sie zwei Wochen später als Küchenhilfe, in Wahrheit als Mädchen für alles begonnen. Und ihre ersten Aufgaben, dachte sie mit einem Lächeln auf den Lippen, während sie die gelben Gummihandschuhe überstreifte, waren auch damals das Reinigen der Toiletten und das Aufwischen des Ganges gewesen.
„Hier sind Kübel, Schrubber, Putzmittel und Fetzen", hatte Frau Klinger gesagt und abgewartet, beobachtet,

wie sie das Wasser in den Eimer laufen ließ, Schmierseife hineintat und mit ihren Fingern knetete, damit sie sich schneller auflöste. Dann griff sie nach ihren Utensilien und wollte sich an die Arbeit machen. Mit einem knappen „Warte!" aber hielt sie ihre neue Arbeitgeberin zurück. Verwundert blieb sie stehen und sah, wie diese ihre Hand in das warme Wasser im Kübel tauchte, anerkennend nickte und meinte: „Gut, du kannst anfangen." Eine halbe Stunde später fragte sie, ob sie das schmutzige Putzwasser in eines der Klos oder in den Kanal im Hof ausleeren sollte, sie sei mit den Toiletten und dem Gang fertig.

„In den Kanal bitte!", bekam sie zur Antwort, bevor sich die Chefin ihre Hände an ihrer Schürze abwischte und zurück auf die Toiletten ging, um zu kontrollieren, ob sie auch wirklich gründlich geputzt hatte.

Sie kam zurück und nickte erneut.

„Weißt du, warum ich vorhin in den Kübel gegriffen habe?", fragte sie.

Sie musste verneinen. Sie hatte sich gewundert, doch das wollte sie nicht zugeben.

„Ich wollte die Temperatur des Wassers prüfen.

Dein Wasser war heiß, so wie es sich gehört, wenn man ordentlich putzen will. Und du bist auch nicht zusammengezuckt oder hast deine Miene verzogen, als du hineingegriffen und die Schmierseife aufgelöst hast. Das zeigt mir, dass du wirklich, wie du beim Vorstellungsgespräch behauptet hast, mit Putzen und Aufwaschen groß geworden bist. Und die Toiletten sind sehr sau-

ber geworden, sogar in den Ecken hast du ordentlich gewischt. Gut gemacht."
Anerkennend lächelte sie ihr zu. Sie spürte, wie ihre Wangen vor Verlegenheit brannten.
„Wenn du etwas trinken willst, geh einfach an die Schank und nimm dir etwas aus dem Kühlschrank."

Beinahe dreißig Jahre sind seit jenem ersten Arbeitstag vergangen, dachte sie in liebevoller Erinnerung zurück, als sie wieder einmal das schmutzige Wasser in den Kanal im Hof leerte. Wie schüchtern sie damals gewesen war, wie verlegen. Sie wusste, dass die Klingers, vor allem aber die Chefin, wie sie sie nach all den Jahren und obwohl sie längst per Du waren, immer noch aus alter Gewohnheit nannte – aber auch weil es der Wahrheit entsprach, sie war „die Chefin", die Seele des Hauses, im Grunde noch viel mehr als das –, ihr eine Chance geboten hatten, die sie ergreifen wollte. Um jeden Preis. Erst Jahre später hatte sie den Mut gefunden und gefragt, warum sie damals überhaupt eingestellt worden war. Hatten sie gewusst, welche Gerüchte es über ihre Familie gab? Diese Frage hatte sie begleitet, beschäftigt, ihr auch Angst gemacht.
„Natürlich waren uns die Gerüchte über deinen Vater bekannt; und ja, natürlich gab es auch einige Leute, die glaubten, uns den gut gemeinten Rat geben zu müssen, so eine wie dich ja nicht einzustellen. Was da alles sein könne …
Doch wer war so eine wie du, Maria? Vor mir stand ein

schüchternes, aber aufgewecktes und offenbar fleißiges Mädchen, das es, nur weil es den falschen Nachnamen hatte, im Leben sicher nicht immer leicht hatte.
Versteh mich nicht falsch, ich habe dich nicht aus Mitleid genommen. Ich brauchte jemanden zum Arbeiten, eine Hilfe, die ordentlich anpackte. Hättest du meine Erwartungen nicht erfüllt, hätte ich dich nach wenigen Wochen wieder entlassen. Wir können es uns nicht leisten, jemanden mitzuschleppen, der sein Geld nicht wert ist.
Aber du bist immer noch hier, und wir sind froh, dass wir dich haben.
Und das blöde Gerede, das es anfangs gab und von dem du hoffentlich nicht zu viel mitbekommen hast, ist längst verstummt.
Ich habe Maria in dir gesehen, die Person, die du warst. Nicht die Tochter deines Vaters."
Sie war nur dagesessen und hatte auf den Teller mit Reisauflauf, der vor ihr auf dem Tisch stand, gestarrt, mit den Tränen gekämpft und ein leises, betretenes „Danke" gemurmelt.
„Du brauchst dich nicht zu bedanken, Maria. Du bist fleißig und verlässlich, nur darauf kommt es an.
Und jetzt iss auf! Wir müssen noch für das ganze Wochenende herrichten."

Sie taten es immer noch.
Jeden Freitagnachmittag standen die Chefin und sie in der Küche und bereiteten die Speisen für das Wochen-

ende vor. Das Radio lief, damit ihnen die Arbeit leichter von der Hand ging, aber im Grunde war die Musik nur ein Hintergrundgeräusch. Während sie die Schweinsmedaillons salzte und in die Spezialbeize einlegte, während die Nussschaumtorte langsam im alten Heißluftherd aufging, erzählten sie einander von den großen und kleinen Sorgen und Freuden in ihrem Leben. Die dreißig Jahre, die sie einander nun schon bald kannten, hatten sie zu Vertrauten und Freundinnen gemacht. Das wollte selbst Josef manchmal nicht verstehen, wenn sie abends miteinander am Küchentisch saßen.

„Du schuldest ihnen nichts. Du würdest anderswo viel mehr verdienen. Die Wallners würden dir sicher das Doppelte zahlen, bei deinem guten Ruf."

Sie hörte seine Worte und sie wusste, dass er vermutlich recht hatte. Aber es ging ihr nicht nur um Geld, schon lange nicht mehr – und die Wallners mochten zahlen, was sie wollten, dennoch war ihnen bisher jedes Dienstmädchen nach wenigen Wochen weggelaufen.

Sie hatte bei den Klingers eine zweite Familie gefunden; eine, die selbst lange vor Josef für sie da gewesen war.

IV

Ihre Eltern waren einfache und arme Leute. Die kleine Landwirtschaft, die sie betrieben, warf kaum das Nötigste ab, und mit den Gelegenheitsarbeiten, die ihre Mutter und ihr Vater zusätzlich annahmen, konnten sie sich mehr schlecht als recht über Wasser halten.
Sie hatten nie hungern oder frieren müssen, aber auf ein neues Paar Schuhe für den Winter mussten sie schon ein paar Wochen lang sparen; und dann wurde es von einem Kind an das nächste weitergegeben.
Denn Kinder gab es genug. Das war, so dachte sie oft wehmütig zurück, wenn ihr Frauenarzt nach der Untersuchung wieder einmal bedauernd den Kopf geschüttelt hatte, der einzige Reichtum, mit dem ihre Eltern gesegnet waren. Die Fruchtbarkeit ihrer Mutter, die ihr stets verwehrt geblieben war. Fast jedes Jahr kam ein weiteres Geschwisterchen auf die Welt – und sie als ältere Schwester liebte die Kleinen abgöttisch, selbst wenn sie wusste, dass jedes neue Kind noch mehr Arbeit für sie bedeutete. Sie konnten ja nichts dafür, dass sie auf der Welt waren, sie hatten ja auch ein Anrecht auf ihr Leben.
Thomas, ihr älterer Bruder, sah das anders.
„Schon wieder ist ein Balg unterwegs", raunte er ihr zu, als ihre Mutter mit Veronika, ihrer jüngsten Schwester, schwanger war.
„Als hätten wir nicht schon genug Mäuler zum Stop-

fen! Wo wir jetzt schon kaum genug zum Essen haben. Pudern ist alles, was der Alte noch kann; pudern und nachts in fremde Häuser einsteigen!
Wenn ich alt genug bin, dann haue ich von hier ab! Bin froh, wenn ich das ganze Pack hier nicht mehr sehe!"
„Sei still, Thomas, so darfst du nicht reden."
Mit ihren elf Jahren blickte sie ihn erschrocken an. Was meinte er damit, dass ihr Vater nachts in fremde Häuser einstieg? Doch nicht ...? Nein, das durfte es nicht geben! Plötzlich verstand sie die Blicke, die sich ihre Schulkameraden zuwarfen, wenn sie in das Klassenzimmer trat; verstand das Getuschel, das sie hinter ihrem Rücken hörte.
„Du wirst sehen, eines Tages bin ich weg! Du bist zu jung, sonst würde ich dich ja mitnehmen!"

Er hatte es getan. Er wolle auf Montage gehen, hatte er verkündet und seine Sachen gepackt. Er habe genug von dem Leben hier. Dann war er fort und hatte noch nicht einmal ihre Mutter zum Abschied umarmt.
Ach Thomas, du dummer Junge, hatte sie sich damals gedacht, und auch heute musste sie ihren Kopf schütteln, wenn er sich hin und wieder bei ihr meldete, wenn sie sich alle heiligen Zeiten einmal sahen. Große Träume hegte er immer noch, vermutlich brauchte er sie, vermutlich hielten ihn diese Träume am Leben, wenn er einsam in seiner kleinen Wohnung in Wien saß, wieder einmal zu viel getrunken hatte und sein verpfuschtes Leben und seine schlechte Herkunft beklagte.

„Du hast etwas aus deinem Leben gemacht, Maria! Du als Einzige von uns allen, selbst wenn du auch nur eine bessere Putzfrau bist."
Seine Worte konnten sie nicht kränken. Nicht mehr. Denn sie wusste, dass er verbittert war. Sie erwiderte nichts, sie ersparte sich die Diskussionen, die sie früher geführt hatten, und erinnerte ihn auch nicht mehr daran, dass alle ihre Geschwister einer ordentlichen Arbeit nachgingen und etwas aus ihrem Leben gemacht hatten, alle außer ihm.
Aber nach einem solchen Gespräch genügte es ihr, wenn sie sich erst nach einigen Monaten wiedersahen.

Nachts aber, wenn sie mit dem Messer in der Hand im Dunkel des Schlafzimmers stand und auf das Bett hinabblickte, in dem Josef so völlig ahnungslos schlief, da musste sie an Thomas und an ihren Vater denken, da fühlte sie sich ihnen verbunden und wusste, dass sie seine Schwester und seine Tochter war. Das erschreckte sie und ließ sie an ihrem Leben zweifeln, verzweifeln. War das ihr Erbe? Steckte diese Verdorbenheit in ihren Knochen, ihren Genen? Böses Blut? War sie sich letztendlich doch hilflos ausgeliefert, egal was sie erreicht und wofür sie gekämpft und geschuftet hatte?
Nein! Sie war nicht wie sie!
Es waren andere Gründe, die sie Nacht für Nacht in die Küche trieben; eine Leere, der sie zu guter Letzt nicht nachgab. Noch nicht …
Sie war nicht wie Thomas oder ihr Vater. Sie hatte sich

nie etwas zuschulden kommen lassen. Sie war geblieben, hatte für ihre Familie, für ihre Mutter und für ihre kleinen Geschwister gesorgt, hatte sich um sie gekümmert, hatte sie sogar geliebt! Liebte sie immer noch. Das war die Wahrheit.
Während Thomas geschimpft hatte, hatte sie sich um ihre jüngeren Geschwister angenommen, hatte gekocht und geputzt, die Windeln gewechselt, war ihrer Mutter, wo immer es ihr möglich war, zur Hand gegangen.

Sie hatte zurückgesteckt, ohne dass sie sich dessen bewusst war. Als ihre Volksschullehrerin Frau Schmitz zu Beginn der vierten Klasse bei ihren Eltern vorsprach, um ihr den Besuch des Gymnasiums zu ermöglichen, saß sie schüchtern auf der Ofenbank und hatte das Gefühl, ihre Familie zu verraten.
„Aber ihre Tochter ist wirklich hochbegabt – und fleißig! Sie würde spielend lernen im Gymnasium. Und dann hätte sie alle Möglichkeiten und könnte studieren! Diese Chance dürfen Sie ihr doch nicht vorenthalten!"
„Wir wissen schon, was wir an unserer Maria haben", blaffte ihr Vater die Lehrerin an, „aber Gymnasium, studieren, das kommt nicht in Frage! Das können wir uns gar nicht leisten."
„Aber es gibt ja staatliche Förderungen, Unterstützungsangebote für sozial benachteiligte Kinder."
„Was soll das heißen, sozial benachteiligt? Wir verdienen unser Geld durch harte, ehrliche Arbeit! Uns wird nichts geschenkt! Wir müssen schuften, damit es sich

die feinen Leute gut gehen lassen können! Nein, mit den verwöhnten Fratzen der Gstopften geht mir meine Tochter nicht in dieselbe Klasse. Arbeiten wird sie, wenn sie alt genug dafür ist, arbeiten wie wir alle!
Oder, Maria, das willst du ja auch? Arbeiten und dein eigenes Geld verdienen, damit du uns helfen kannst?"
Sie nickte, was sollte sie sagen?
„Na bitte, da hören Sie es! Braves Mädchen! Sie geht in die Hauptschule, dann ins Poly. Was gut genug für uns war, das wird auch für sie reichen."
„Aber ...", versuchte ihre Lehrerin noch einmal nachzuhaken, doch ihr Vater war bereits aufgestanden und hatte ihr die Tür aufgemacht.
„Schönen Tag, Frau Schmitz!"
Beim Hinausgehen warf sie Maria einen letzten Blick zu, der voll Bedauern, doch auch voll Verständnis war. Es tut mir leid, schien dieser Blick zu sagen, ich weiß, dass du dich nicht gegen deine Eltern stellen kannst.
Im Unterricht war sie weiter freundlich zu ihr, förderte sie, als hätte es diese beschämende Episode nie gegeben. Das Thema Gymnasium aber wurde nicht mehr angeschnitten. Als sie ihr das Abschlusszeugnis in die Hand drückte und ihr zu ihrem ausgezeichneten Erfolg gratulierte, flüsterte sie: „Mach's gut, Maria! Und pass auf dich auf. Du weißt, ich glaube an dich!"
Das war es gewesen. Sie hatte Frau Schmitz nie wiedergesehen. Sie wusste nicht, was aus ihr geworden war, wusste nicht einmal, ob sie noch lebte.
Daran dachte sie, als sie wieder einmal mit dem Messer

in der Hand dastand, als die Leere sie erfüllte und ihr Josef und sein Schnarchen, seine bloße Existenz, trotz aller Liebe wieder einmal unerträglich geworden waren. Sie hat an mich geglaubt. Sie wollte mir die Chance auf ein besseres Leben geben.
In der Hauptschule und auch im Polytechnikum, die sie ganz nach dem Willen ihres Vaters besuchte, schenkte niemand ihren guten Noten Beachtung. Die Lehrer sahen in ihr nur das Kind, das aus der Problemfamilie stammte.

Und dieses Problemkind Maria bekam bei den Klingers eine Anstellung, eine Möglichkeit, sich zu beweisen und sein erstes eigenes Geld zu verdienen, das sie – pflichtbewusst, wie sie war – gut zur Hälfte bei ihrer Mutter ablieferte, damit ihre jüngeren Geschwister halbwegs versorgt waren. Sie nahm es als selbstverständlich hin die ersten Jahre, dass auch sie ihren Beitrag zum Familieneinkommen leisten musste. Es sollte noch dauern, bis sie begriff, dass ihre Eltern sie eigentlich ausnutzten, bis sie verstand, dass ihre Gutgläubigkeit und ihre Liebe zu ihren Geschwistern von ihnen missbraucht wurden, indem sie auf der Couch und vor dem Fernseher saßen, während sie ihre älteste Tochter arbeiten schickten, damit sie genug Geld heimbrachte.
Sie flüchtete nicht, wie Thomas es tat; und sie tröstete sich in ihren langen Nächten, dass sie es schließlich für Veronika, Gerti, Gerhard, Ernst und Fritz getan hatte. Sie hatten sich jemanden verdient, der sich um sie küm-

merte, und sie dankten ihr immer noch, dass sie für sie da gewesen war. Das gab ihr Kraft. Das hatte sie lange Zeit getragen. Auch wenn es heute nicht mehr reichte. Von ihren Eltern aber fühlte sie sich verraten, ausgenutzt. Und als sie damals mit achtzehn, neunzehn endlich verstand, was für ein übles Spiel sie eigentlich mit ihr trieben, begann sie langsam, sich zurückzuziehen, sich abzusondern, ihren Ausstieg sorgfältig zu planen, mehr und mehr Geld auf die Seite zu legen.

V

Die Klingers halfen ihr dabei. Sie standen hinter ihr. Nicht weil sie ihr zum Bruch mit ihren Angehörigen geraten hätten. Nein, zu jener Zeit sprachen sie noch kaum über private Angelegenheiten miteinander. Sie hätten sie niemals zu diesem Schritt gedrängt. Indem sie ihr ein normales Familienleben vorlebten, mit Schwierigkeiten und Streitereien, mit Diskussionen und gegenseitiger Akzeptanz, mit einem Gefühl des Zusammenhalts, zeigten sie ihr, wie es gehen könnte.

„Glaub nicht, dass ich meinem Mann und meinen Kindern nicht manchmal an die Gurgel gehen könnte", hatte die Chefin irgendwann einmal zu ihr gesagt, „denn das könnte ich! Aber es hilft nichts, wir sind, wie wir sind, und wir gehören zusammen, also müssen wir auch schauen, dass wir für alles eine Lösung finden."

Je länger sie bei ihnen arbeitete, je besser sie einander kennen und schätzen lernten, desto mehr wurde auch sie Teil dieses Zusammenhalts, dieser Familie.

Was sie wohl auch, wie sie erst nach und nach verstand, den Kindern der Klingers zu verdanken hatte.

Stefan und Manuela waren nur etwas jünger als sie selbst – und beide mussten, obwohl sie gute Schüler waren, regelmäßig im elterlichen Betrieb mitarbeiten. Somit hatten sie von Anfang an miteinander zu tun, hatten Kontakt zueinander, besonders mit Manuela

sollte daraus eine enge Freundschaft werden.
Stefan sah sie die erste Zeit nur selten, denn als sie zu arbeiten begann, besuchte er gerade die erste Klasse der Hotelfachschule in Krems und kam immer nur an den Wochenenden nach Hause, wo er im Service mitarbeitete. Sie hörte manchmal, wie er sie seinen Eltern gegenüber lobte und meinte: „Auf die Maria müsst ihr gut aufpassen! Die hat was drauf! Mit der richtigen Schule und der richtigen Ausbildung könnte aus ihr eine Spitzenköchin werden. Die hat ein Gespür fürs Würzen und Abschmecken, wie es selten jemand hat."
Das freute sie und machte sie zugleich einmal mehr verlegen, denn lange Zeit war sie sich nicht sicher, ob er seine Worte ernst meinte oder ob er sich in Wahrheit über sie lustig machte.
„Wenn ich einmal das Gasthaus übernehme, dann will ich, dass du die Küchenleitung übernimmst!", versprach er ihr. Aber das Schicksal hatte andere Pläne.
Mehrere Jahre verbrachte er jede Wintersaison in Tirol als Kellner, eines Tages kehrte er nicht mehr zurück. Er habe seine große Liebe in den Bergen gefunden, offenbarte er seinen Eltern, als er Anfang Mai nach Hause kam, er wolle ganz nach Tirol ziehen, sich dort niederlassen und eine Familie gründen. Seine Verlobte stamme aus einem Hotelleriebetrieb, sie hätten bessere Chancen dort, viel mehr Touristen, somit viel mehr Geschäft. „Natürlich sind wir enttäuscht", sagte die Chefin beiläufig zu ihr, während sie gemeinsam das Wurzelgemüse für die Suppe schälten, „besonders Karl, weil es ja sein

Elternhaus ist, aber wir können ihn auch verstehen. Am wichtigsten ist doch, dass er glücklich ist. Und ob er das hier auf lange Sicht geworden wäre? Es wird immer schwieriger, ein Gasthaus auf dem Land zu führen und Personal zu finden, das am Wochenende arbeiten will und zupacken kann.
Vielleicht ist es gut, wenn das Gasthaus Klinger mit Karl und mir in einigen Jahren mal zu Ende geht. Manuela hat ja zum Glück andere Pläne."

Manuela, jung und aufgeweckt, wollte unbedingt studieren. Einmal Sprachen, einmal Lehramt, einmal Psychologie, einmal Medizin, die Interessensgebiete wechselten ständig. Dreizehn Jahre war sie alt, als Maria bei den Klingers zu arbeiten begann, und besuchte gerade die dritte Klasse des Gymnasiums. Stolz erzählte sie ihr, dass sie sich für Latein entschieden habe. Maria, die gerade die Tischtücher bügelte, während Manuela neben ihr saß und immer wieder irgendwelche fremd klingenden Wörter vor sich hersagte, nickte nur anerkennend, während sie sich fragte, welchen Sinn es haben sollte, eine tote Sprache zu lernen. Das würde einen wohl kaum satt machen!
„Ich will nämlich später einmal Archäologin werden! Und dann fahre ich nach Ägypten und entdecke das Grab eines unbekannten Pharaos mit Unmengen von Gold und Edelsteinen darin! So wie das von Tutanchamun! Und dann werde ich reich und berühmt!"
Zugegeben, anfangs hatte sie Manuela für eine ver-

wöhnte dumme Gans gehalten, aber diese Meinung änderte sich bald, als sie sie näher kennenlernte. Vielleicht mochte sie auf den ersten Blick naiv und blauäugig wirken, vielleicht auch ein wenig hochnäsig, aber jeden Samstag und jeden Sonntag stand sie hinter der Schank, schaukelte mit ihrem Bruder und ihrem Vater das Mittagsgeschäft, half anschließend auch beim Putzen mit und war sich für keinen Handgriff zu schade.

„Meine Kinder sollen ruhig lernen, dass jeder Schilling schwer verdient werden muss. Sie wollen die neue Platte von Was-weiß-ich-wem haben, können sie! Sobald sie sich vom Trinkgeld, das sie kriegen, genug zusammengespart haben, um sie sich kaufen zu können. Geschenkt bekommen sie sie nicht, wir haben ja noch nicht Weihnachten!"

Die Klingers liebten ihre Kinder, aber sie verwöhnten sie nicht.

„Auch wir mussten von klein auf mitarbeiten. Karl und seine Geschwister haben, genauso wie Stefan und Manuela, die ganzen Ferien und jedes Wochenende ihren Eltern im Service und in der Küche geholfen. Und ich bin auf einem Bauernhof aufgewachsen. Wenn wir zum Schulschluss mit dem Zeugnis heimgekommen sind, hat unser Vater nur gemeint, heute habt ihr noch frei, aber ab morgen geht dann die Arbeit an. Es hat uns nicht geschadet.

Wenn du nur dreißig oder vierzig Stunden in der Woche arbeiten willst, Maria, dann kannst du keinen Betrieb wie den unsrigen führen. Da heißt es schuften, zehn, zwölf Stunden jeden Tag. Und abends fällst du dann erschöpft ins Bett, dir tun die Beine und jeder Knochen weh. Aber zumindest kannst du auch ohne irgendeine Tablette schlafen, weil du müde bist von dem, was du geleistet hast. Aber ich will mich nicht beklagen. Auch wenn ich es leichter hätte haben können. Bevor ich meinen Mann heiratete und wir den Betrieb von seinen Eltern übernahmen, bin ich ja Landwirtschaftslehrerin gewesen. Das Unterrichten und der Kontakt mit den Jugendlichen, die Internatsdienste, all das hat mir Freude gemacht. Manchmal vermisse ich das."

Sie hielt kurz inne, schwieg. Ihre rechte Hand spielte gedankenverloren mit ihren Haaren. Für einen Augenblick sah Maria eine junge Frau vor sich, ihr selbst nicht unähnlich, mit einem Strahlen in den Augen, mit Träumen, mit einer Zukunft, die noch vor ihr lag.

Sie schwiegen beide.

Dann war dieser Moment vorbei und vergangen; und ihre Chefin war wieder die starke, unerschütterliche Frau, die sie bisher gekannt hatte.

„Vermutlich ist es mir deshalb so wichtig", fuhr sie mit fester Stimme fort, während sie mit dem Schneebesen die selbstgemachte Mayonnaise in der Schüssel eine Spur zu kräftig rührte, „dass die beiden eine gute Ausbildung bekommen. Mit Fleiß und Bildung lässt sich vieles erreichen."

Der Blick, den sie ihr zuwarf, als sie die letzten Worte sprach, schien zu sagen: „Auch du, Maria, kannst mehr aus deinem Leben machen."

Sie beherzigte diesen Rat.
Den Wissensdurst, den sie damals zu entwickeln begann und der sie bis zum heutigen Tag in Museen und Ausstellungen lockte, verdankte sie in Wahrheit Manuela.

Das Mädchen mochte sie vom ersten Tag an.
„Ich wünschte mir immer eine ältere Schwester", sagte sie nach wenigen Wochen zu ihr, „auch wenn ich Stefan natürlich mag. Aber er ist halt mein Bruder, ein Mann; er versteht mich einfach nicht so, wie du das tust."
Sie wusste nicht, was sie erwidern sollte, und blieb eine Antwort schuldig. Manuela verstand dies offenbar als Zustimmung, denn von jenem Tag an setzte sie sich nachmittags, wenn das Gasthaus weitgehend leer und Maria mit dem Bügeln der Unmengen von Wäsche beschäftigt war, mit ihren Büchern und Heften an einen der Tische im Extrazimmer und machte ihre Hausaufgaben.
„Oben in meinem Zimmer ist es mir zu langweilig", meinte sie zu ihrem Vater, der sie fragend anblickte, „und außerdem merke ich mir die Formeln und Vokabeln leichter, wenn ich sie Maria aufzählen kann."
„Tu, was du nicht lassen kannst", grummelte er nur, nahm sich eine Mineralwasserflasche aus dem Kühlschrank und verschwand. Die Chefin sagte nichts. Sie nahm diese Freundschaft, die sich zwischen ihrer Tochter und Maria zu entwickeln begann, stillschweigend und vielleicht sogar ein wenig wohlwollend zur Kenntnis.
Und so wurde sie, während sie die Tischtücher, Servietten und Arbeitsmäntel bügelte und zusammenlegte,

von Manuela in eine Welt des Wissens eingeführt, die ihr bisher verborgen gewesen war.
Manches hatte sie auch in der Schule gelernt und wieder vergessen, weil ihre Eltern Bildung nicht für wichtig erachtet hatten, von vielen anderen Dingen hatte sie noch nie gehört.
„Rechnen musst du können, Kind“, hatte ihr Vater immer nur gemeint, „damit dich niemand übers Ohr hauen kann. Aber Noten lesen, wozu soll das gut sein?“
Besonders Geschichte und Biologie interessierten sie, und manchmal, wenn sie alleine war und Manuela ihre Bücher auf dem Tisch liegen gelassen hatte, blätterte sie für ein paar Minuten darin, schaute sich die Bilder an und überflog die Mendel'schen Regeln oder die Entwicklung hin zum Ständestaat, bevor sie aufschreckte und schuldbewusst wieder hinter der Bügelmaschine Platz nahm.
Ich hätte das auch lernen können, dachte sie dann verbittert, wenn sie nur auf die Frau Schmitz gehört hätten. Ich könnte mich auch gerade fragen, was ich nach der Matura einmal studieren will, anstatt Geschirr abzuwaschen und die Wäsche fremder Menschen zu bügeln.
Sie machte ihre Arbeit gern, aber manchmal, ja manchmal, wenn sie mit Manuela lachte, wenn sie verschwörerisch das gemeinsame Lernen als „unser kleines Geheimnis“ bezeichneten und, wenn niemand zuhörte, sogar versuchten, auf Englisch miteinander zu reden, da spürte sie tief in ihr drinnen einen Stich.
Bildung, begriff sie, war ein Privileg, das einem viele Möglichkeiten im Leben eröffnen konnte; ein Anrecht,

das ihre Volksschullehrerin für sie eingefordert hatte, das ihr von ihren Eltern aber verwehrt worden war. Wenn sie müde von der Arbeit nach Hause kam und die Eltern vor dem Fernseher sitzend vorfand, während das schmutzige Geschirr vom Vorabend immer noch ungewaschen im Waschbecken stand, fühlte sie sich fremd, hin- und hergerissen, nicht mehr zu ihnen gehörig und doch ihnen immer noch verbunden. Sie verstand einmal mehr, warum Thomas die Flucht ergriffen hatte, und verspürte auch selbst den Wunsch zu gehen. Sie würde es aber langsamer und vernünftiger planen, und sie wollte ihren jüngeren Geschwistern beistehen. Nichts überstürzen, ein Schritt nach dem anderen!

VI

Sie schweifte gerne zurück in die Vergangenheit, selbst wenn das Mittagsgeschäft gerade in vollem Gange war. Nach so vielen Jahren waren sie ein eingespieltes Team und jeder einzelne Handgriff ging ihr, ja, sie musste lächeln, wie selbstverständlich von der Hand.

Bröselknödelsuppe gab es heute, eine ihrer Lieblingssuppen, die sie von der Chefin gelernt hatte und auch zu Hause gerne zubereitete, wenn sie und Josef einmal gemeinsam frei hatten. Sie achtete immer noch sorgsam darauf, dass sie beim Fischen nach den Knödeln mit dem großen Suppenschöpfer dieselben nicht zerstörte, ganz so, wie es ihr beim ersten Mal gezeigt worden war.

„Vorsichtig, Maria", hatte Frau Klinger zu ihr gesagt, „die Knödel und die Nockerl müssen ganz sein, wenn du sie in die Schüsseln reingibst. Und dann erst die Flüssigkeit, nie umgekehrt, sonst schwappt alles über und du verbrühst dich mit der heißen Suppe!"

Natürlich war es ihr passiert, natürlich hatte sie sich verbrannt und vor lauter Schreck die Schüssel fallen lassen, die auf dem Küchenboden in Dutzende Scherben zersprungen war.

„Es tut mir leid, es tut mir so leid!", hatte sie gestammelt und war auf die Knie gesunken, um die Scherben aufzusammeln. Bestimmt wirft sie mich jetzt raus, warf sie sich vor, geschieht mir auch recht, mir Trampel! Kann ich denn gar nicht aufpassen? Sie hat mich gewarnt.

„Steh auf, Maria! Es ist nichts passiert! Was glaubst du, wie viele Teller mir schon runtergefallen sind?“
Die Chefin lächelte sie an, wohlwollend. Kein Funken Vorwurf in ihren Augen.
„Ich hoffe, du hast dich nicht verbrannt. Halte deine Hand unter das kalte Wasser. Und dann holst du dir Besen und Mistschaufel und kehrst alles zusammen. Ich will nicht, dass du dich vielleicht auch noch an den Scherben schneidest!“
Ja, genug Geschirr war in den Jahren zerbrochen worden, von ihr und auch von allen anderen; doch dieses erste Erlebnis hatte sich eingeprägt. Sie war noch so unsicher gewesen damals, noch nicht einmal zwei Monate war sie bei den Klingers in Anstellung gestanden. Blickte sie jetzt auf die Stapel von schmutzigen Tellern und die Berge von Besteck, die hinten bei der Abwasch vom Chef und von Anita, der Aushilfskellnerin, abgestellt und zwischendurch von ihr in den Geschirrspüler eingeräumt und abgetrocknet werden mussten, damit kein Engpass beim Anrichten entstand, so schreckte sie das nicht mehr. Sie wusste, es ging sich alles aus. Die Suppe anrichten, die Spiralnudeln neben die Paprikaschnitzel auf die Fleischteller legen, den Tellerrand abwischen, damit keine Sauce daran klebte; nebenbei das Geschirr, nebenbei noch immer den Kopf frei, um ihren Erinnerungen nachzuhängen.
Sie wusste, was zu tun war. Sie waren, wie schon gesagt, ein eingespieltes Team. Auch wenn der Chef manchmal murrte, wenn die Teller zu heiß waren und er nicht wusste, wie er sie tragen sollte.

„Die Teller gehören vorgewärmt, und das weißt du!", sagte die Chefin dann bestimmt, in einem Tonfall, der keinen Widerspruch duldete. „Maria, lauf schnell nach oben und hol ihm ein sauberes Hangerl!"
Sie schätzten einander; und wenn einmal in der Hitze des Gefechts ein lautes Wort fiel, dann nahm sie das nicht ernst, schon lange nicht mehr.

Auch das konnte Josef nicht verstehen. Unzufrieden, wie er mit seiner eigenen Arbeit war, konnte er oft nicht akzeptieren, dass ihre Arbeit ihr gefiel; dass sie sich nichts aus dem Stress und dem manchmal rauen Ton machte.
„Du hast es nicht nötig, dich anschnauzen zu lassen, weißt du? Und in der heißen Küche zu stehen und dich abzurackern! Wir haben auch unseren Stolz und unsere Rechte, nur damit du es weißt!"
Sie diskutierte es nicht mehr mit ihm. Es machte keinen Sinn. So schwieg sie dazu, was sollte sie auch sagen?
Er war es, der jeden Tag im Akkord schuften musste und den Launen seines Vorarbeiters hilflos ausgeliefert war. Aber er war ein Mann. Seine eigene Hilflosigkeit konnte er sich nicht eingestehen. So stachelte er sie an, an seiner statt aufzubegehren und sich nicht ausbeuten und unterdrücken zu lassen.
Was sie nicht tat. Wozu auch? Es ging ihr gut mit dem, was sie tat. Was nun er wieder nicht verstand. Sie hatte es ihm schon so oft erklärt, ehrlich gesagt war sie des Erklärens müde.
Sie hatte ihre Freiheit. Die Freiheit zu gehen oder zu

bleiben. Dieselbe Freiheit, die auch jede Nacht kühl und schwer in ihren Händen lag. Sie hatte lange Zeit dafür gekämpft. Nun war sie des Kämpfens und des sich Rechtfertigens müde. Das Messer lag schwer in ihrer Hand. Die Kälte in ihrem Herzen wog noch viel schwerer.
Nicht heute, nicht morgen, aber irgendwann.
Wenn er nur zurückkäme!
Es half nichts, sie wusste das.
Sie hatte sie, jene lang ersehnte *Freiheit, nichts mehr zu verlieren zu haben*. Es war keine Freiheit mehr, die sie glücklich machte.

Damals freilich sah sie das anders. Sie wollte frei sein, sich befreien, ihre Familie und ihre Herkunft hinter sich lassen. Der Führerschein war ihr erster wichtiger Schritt in jene Freiheit gewesen.
Zwei Jahre schon hatte sie nun bei den Klingers gearbeitet und sie wusste, dass sie zufrieden, weit mehr als nur zufrieden mit ihr waren, dennoch war sie nervös gewesen, als sie ihre Chefin um ein Gespräch bat.
Sie wolle einen Abendkurs machen, brachte sie entschuldigend vor, und würde jeden Tag etwas früher gehen müssen, wenn das möglich wäre. Und die Fahrstunden würde sie natürlich so weit wie möglich auf ihre freien Tage legen und die Stunden einarbeiten. Betreten stand sie da, wie ein Schulmädchen, den Blick auf den Boden gerichtet, mit den Händen ihre Schürze raufend.
„Mach dir keine Sorgen, Kind!“, hatte die Chefin nur gesagt.

„Du bist achtzehn. Selbstverständlich willst du den Führerschein machen. Ohne ihn kommst du bei uns auf dem Land nicht weit. Wir kriegen das schon irgendwie hin."
Es war dieses „Wir", das ihre Chefin benutzte, das ihr Halt und Sicherheit gab. Du gehörst zu uns, schien es zu sagen, wir sind für dich da.
Manuela saß am Nachmittag nun nicht mehr mit ihren Hausaufgaben, sondern mit den Führerscheinunterlagen neben ihr und prüfte sie die Vorrangregeln und die Kreuzungen ab, während sie die Wäsche bügelte. Sie hatten Spaß, sie lachten gemeinsam.
„Ich lerne ja schon vor, in drei Jahren bin ich selbst mit dem Führerschein dran."

Sie lernte leicht, auch das Fahren bereitete ihr kaum Probleme, nur vor dem technischen Teil der Prüfung hatte sie Angst. Das Traktorfahren hatte sie schon mit zehn Jahren mit dem alten Steirer auf dem Feld gelernt, aber wie der Motor und die Lichtmaschine funktionierten, blieb ihr ein Rätsel.
Thomas war bereits fortgegangen, und ihr Vater war ihr dabei keine Stütze.
„Du bist ein Weib; was musst du schon von einem Auto wissen!", war alles, was sie von ihm zur Antwort bekam, als sie ihn in ihrer Not um Hilfe bat.
Es kränkte sie; auch dass er nicht einmal einen Moment seinen Blick vom Fußballspiel im Fernsehen abwandte, und sie spürte, dass es immer weniger gab, was sie mit ihren Eltern verband.

„Komm mit, Maria!“, sagte ihr Chef zwei Tage später unvermittelt zu ihr, als sie mit dem Aufwaschen der Küche nach dem Mittagsgeschäft fertig war. Verwirrt folgte sie ihm hinaus in den Hof, wo sein Auto stand.
„Du brauchst keine technischen Details zu kennen, aber du musst wissen, wo du das Öl für den Motor und wo du das Mittel für die Scheibenwaschanlage nachfüllen musst.“
Sie blickte ihn an. Was wollte er ihr damit sagen?
„Also“, meinte er nur, während er ihr zu ihrer größten Verwunderung seine Autoschlüssel reichte, „mach die Motorhaube auf. Wie das geht, musst du nämlich auch wissen.“
Er erklärte ihr, wie sie den Ölstand korrekt ablas und wie sie die Starterkabel richtig anlegte, wie der Keilrippriemen die Lichtmaschine antrieb, wo im Motorraum die Lichtmaschine überhaupt zu finden war.
„Und wenn sie dich den Ablauf beim Überholvorgang in der Nacht fragen, dann vergiss nicht zu erwähnen, dass du das Fernlicht einschalten musst. Und wenn man dich fragt, warum, dann sagst du, weil ich beschleunige und mit einer höheren Geschwindigkeit fahre.“
Manuela stand in der Tür und grinste breit, als sie zurückkam, noch immer über diese unerwartete Unterrichtsstunde verwundert. Natürlich, sie hätte es sich denken können!
„Ich hoffe, er hat dir alles ordentlich erklärt“, lachte sie. „Ich habe ihm gesagt, dass du dir wegen der Technik Sorgen machst. Und du weißt, dass er seinem kleinen

Mädchen einfach nichts abschlagen kann."
„Ach du", murmelte Maria und drückte Manuela fest an sich, „ich danke dir!"

Sie bestand die Prüfung. Die Theorie-Fragen bereiteten ihr im Großen und Ganzen keine Schwierigkeiten, auch wenn die Prüfer nachhakten, bis sie auf einen Punkt kamen, an dem sie ihnen keine zufriedenstellenden Antworten mehr geben konnte. Dieses herablassende Verhalten war ihr durchaus noch von einigen Lehrern in der Schule in schlechter Erinnerung. Sie empfand es als lästig, aber es beunruhigte sie nicht sonderlich. Sie war gut, und das wusste sie. Offenbar wollte man ihr mit den bloßstellenden Fragen beweisen, dass man besser, schlauer und klüger war. Sollten sie ruhig, solange sie den ersehnten rosa Schein bekam.
Vor dem Fahren hatte sie keine Angst. Schalten, Bremsen und Beschleunigen beherrschte sie von ihrer langjährigen Erfahrung mit dem Traktor; auch das Spur-Halten und das Einparken gingen ihr problemlos von der Hand. Am Übungsparkplatz nahm sie der Fahrlehrer vertrauensvoll zur Seite.
„Hör zu! Du hast gemeinsam mit Johannes die Prüfungsfahrt, Maria. Wenn wir wegfahren, bist du als Erste dran. Ihm stirbt nämlich beim Bahnübergang immer noch der Motor ab, du hingegen beherrschst das Anfahren am Berg perfekt. Daher will ich, dass du als Erste fährst, sozusagen ‚Ladies first'! Ich will euch beide gut durch die Prüfung bringen."

Sie musste lächeln. Johannes war mit ihr in die Volksschule gegangen. Auch ihm hatte Frau Schmitz einen Wechsel ins Gymnasium und nicht in die Hauptschule angeraten; seine Eltern hatten auf sie gehört. Den Gerüchten zufolge hatte er die Matura mit lauter „Sehr gut“ bestanden und galt als genialer Kopf, von dem man noch viel zu hören bekommen würde, aber offenbar schaffte er es nicht einmal, beim Bahnübergang anzufahren. Eine kinderleichte Übung!
Wie stolz sie in jenem Moment war, mehr aus sich gemacht zu haben! Wissen konnte sie immer noch erwerben, Geschicklichkeit und Hausverstand aber, den Willen und die Bereitschaft, anzupacken und durchzuhalten, auch schwierige Situationen zu meistern, all das konnte ihr niemand mehr nehmen, all das würde sie weiterbringen im Leben.
Ja, als Mädchen und auch als junge Frau war sie selten stolz auf sich gewesen, das Vertrauen des Fahrlehrers in ihre Fähigkeiten weckte jedoch eine Ahnung in ihr, dass auch sie besonders und einzigartig war. Wenn er sie dem Musterschüler vorzog!
Albern fand sie heute ihre Gefühle von damals, doch sie wusste auch, dass ihr diese Hoffnungsmomente unendlich viel Kraft gegeben hatten. Sie hatte sie gebraucht, um nicht aufzugeben.
Wo aber waren diese Momente heute, wo fand sie heute noch ihre Kraft?
Nicht jetzt, denk zurück an damals.
Die Klingers gratulierten ihr herzlich, als sie nach der

Prüfung zu ihnen kam.
„Für heute kannst du dir freinehmen, Maria!", sagte die Chefin zu ihr, als sie sich die Schürze umband, um die Arbeit in der Küche aufzunehmen.
„Feiere mit den anderen! Wir kommen schon alleine zurecht und sehen uns dann morgen!"
So kehrte sie zurück in das andere Gasthaus, in das erste Haus am Platz, wo der Kurs und die Prüfung abgehalten worden waren, wechselte ein paar Worte mit einigen ehemaligen Schulkollegen, die mit ihr den Führerschein gemacht hatten, trank ein, zwei Gläser, war für ein paar Stunden einfach ein junger, unbeschwerter, ja, ein glücklicher Mensch.
Erst abends rief sie ihre Mutter von der Telefonzelle aus an und teilte ihr mit, dass sie bestanden hatte; bat sie, sie abzuholen.
Sie freute sich für sie, ja, sie gratulierte ihr sogar, jedoch mit dem Nachsatz „Wir können es uns nicht leisten, dir ein Auto zu kaufen".
Das wusste sie natürlich, und das erwartete sie sich auch nicht. Trotzdem verursachte ihr jene Bemerkung ihrer Mutter einmal mehr ein flaues Gefühl im Magen. Von dem Geld, das ich euch gegeben habe, könnte ich mir leicht ein gebrauchtes Auto leisten, brannte ihr auf den Lippen, doch sie sagte es nicht. Wozu auch? Es würde nichts bringen, sondern ihr nur den schönen Tag und die nächsten Wochen verderben.

Ihr erstes Auto! Noch heute wurde ihr warm ums Herz,

wenn sie an *Joplin*, wie sie es genannt hatte, zurückdachte!
Ein günstiger Wagen musste es sein, denn der Führerschein hatte schon mehr als genug von ihrem hart angesparten Geld verschlungen, günstig in der Anschaffung und günstig in der Versicherung und den laufenden Kosten. Der übertragene rote Peugeot, der es schließlich wurde, war ihr ganzer Stolz. Er war alt, ja, und er mochte auch nicht das schnellste Fahrzeug sein, für sein Baujahr war er aber noch gut beisammen und die ehemalige Uhrmacherin, eine Stammkundin der Klingers, hatte ihn stets gut gepflegt und ihn ihr zu einem Spottpreis überlassen.
Sie war frei! Sie musste nicht mehr täglich mit ihrem Moped zur Arbeit fahren oder ihre Eltern anbetteln, wenn es regnete oder die Straßen im Winter vereist waren. Sie war frei!
Sie putzte *Joplin* heraus, polierte ihn auf Hochglanz, sodass er fast wie neu wirkte. Es war ihr Auto, niemand durfte es anfassen! Mitfahren ja, aber nur, wenn ihre Geschwister sich vorher Hände und Gesicht wuschen, eine saubere Kleidung anhatten und ihr hochheilig schworen, dass sie auch brav und artig waren und nichts im Auto essen oder trinken würden, wie sie es im Auto ihrer Eltern gewohnt waren, und auf gar keinen Fall die Sitze mit einem Eis bekleckern würden!
„Unsere Maria hält sich für eine feine Dame, jetzt, wo sie ein Auto hat", hörte sie ihre Mutter einmal zu einer Nachbarin sagen, aber es war ihr egal. Es war ihr Wagen!

Sie hatte ihn sich finanziert. Ihre Eltern hatten ihr nicht dabei geholfen.
Er hatte sogar ein Kassettendeck! Sie konnte sich während der Fahrt ihre Lieblingsmusik anhören und dabei laut mitsingen, ohne dass es jemand störte, ohne dass an die Tür geklopft und geschrien wurde, sie solle den fürchterlichen Krach leiser stellen!
Me and Bobby McGee dröhnte aus den Boxen und sie sang mit *Janis*! Freiheit, ja! Sie spürte sie unter ihren Händen vibrieren, wenn sie sie auf das Lenkrad legte.

VII

Sie hatte nie ein Instrument gelernt. Auch dafür hatte es kein Geld gegeben. Musik galt ihren Eltern als unnötiger, kostspieliger Zeitvertreib, als Luxus, den sich nur die Reichen leisten konnten. Sicher, bei jedem Frühschoppen und jedem Feuerwehrfest waren sie vorne mit dabei, wenn es darum ging, eingehängt auf den Bierbänken sitzend mitzusingen und zu schunkeln, und auch das Radio bei ihnen zu Hause in der Küche lief von morgens bis abends, um den monotonen Alltag zu übertönen. Aber Musik bewusst zu hören, mitzuerleben, oder Musik gar selber zu praktizieren? Nein, das war überflüssig, versnobt, im Grunde sogar ein wenig verrückt. Eine Zeitverschwendung, die sich nur diejenigen leisten konnten, die nichts zu tun hatten.

„Was macht ihr eigentlich den ganzen Tag?", hatte sie mit Anfang zwanzig einmal zu fragen gewagt, als sie nach einem weiteren harten Arbeitstag das selbstgerechte Gerede ihrer Eltern nicht mehr ertragen konnte. Augenblicklich waren ihre Geschwister mucksmäuschenstill gewesen und hatten gespannt von ihr zu ihrer Mutter und wieder zurück zu ihr geblickt.

„Vorsicht, Fräulein!", hatte diese nur gesagt, und ihr Tonfall machte klar, dass sie keinen Widerspruch duldete.

„Noch wohnst du in unserem Haus, und solange du hier wohnst, gelten unsere Regeln. Du brauchst nicht

zu glauben, dass du etwas Besseres bist, nur weil du dein eigenes Geld verdienst und die Klingers dich verhätscheln! Du putzt auch nur Klos, vergiss das nicht!"
Sie war aufgestanden, ohne fertig zu essen, ohne ein Wort zu sagen.
„Und wehe du drehst jetzt wieder dieses fürchterliche Geplärre auf, hörst du? Wir brauchen unsere Ruhe!"
Sie schlug die Tür hinter sich zu, drehte den Schlüssel um, unterdrückte vergeblich ein paar Tränen. Hier auf ihrer alten Kommode stand ihr treuer Gefährte und Seelentröster, ihr eigenes Radio mit Kassettendeck und CD-Player. Von ihrem ersten Weihnachtsgeld hatte sie es sich geleistet, ganz vorsichtig hatte sie es aus der Verpackung genommen und auf ebenjene Kommode gestellt, es bewundert, es sanft berührt, ja sogar gestreichelt. Ein funkelndes Kleinod in ihrem abgetragenen, kargen Zimmer; ein Fremdkörper, so wie auch sie sich in ihrer Familie immer mehr als Fremdkörper zu fühlen begann. Sie besaß noch keine eigenen Kassetten und schon gar keine CDs, konnte auch nicht sagen, welche Musikrichtung ihr eigentlich gefiel, aber sie wusste, dass es von Thomas noch ein paar selbst zusammengestellte Kassetten mit seinen Lieblingsliedern gab. Die wollte sie sich anhören, auch wenn sie nicht wusste, ob ihr seine Musik überhaupt gefallen würde. Es war ihr egal, Hauptsache sie konnte Musik hören und abspielen, sich in ihr Zimmer zurückziehen, in der Musik versinken und sich ihre eigene Welt erträumen. Hauptsache sie fühlte sich ihm nahe.

Sie vermisste ihn. Das war die einfache Wahrheit. Sie verstand, warum er gegangen war. Auch wenn sie diesen Schritt nicht richtig fand. Auch wenn sie wünschte, er wäre noch hier und hätte sie nicht allein zurückgelassen. Sie blieb, für ihre Geschwister, auch wenn sie spürte, dass auch ihre Zeit zu gehen näher rückte, vielleicht schon längst gekommen war.
Wenn sie sich seine Kassetten anhörte, dann war er bei ihr, dann war sie ihm nahe. Die Lieder waren teilweise abgeschnitten, teilweise hörte sie zu Beginn oder am Ende die Stimme des Radiosprechers, der bereits die nächste Nummer ankündigte. Ein Lied wurde sogar mittendrin durch den Verkehrsfunk zerschnitten, den er mitaufgenommen hatte. Es kümmerte sie nicht. Nein, sie erinnerte sich daran, wie er Stunde um Stunde neben dem Radio gesessen war, den Finger auf der Aufnahmetaste, und auf seine Lieder gewartet hatte. Ihr großer kleiner Bruder, der von der Welt träumte.
„Eines Tages, Maria, wirst du auch meinen Namen im Radio hören!"
Sie hätte es ihm gewünscht, so sehr. Doch später, als er immer tiefer stürzte, fürchtete sie, seinen Namen in Verbindung mit einem Verbrechen hören zu müssen. Nur gut, dass er schwach war, tröstete sie sich, nur gut, dass er zu träge für irgendeinen Unsinn geworden war. Vielleicht hörst ja du eines Tages von mir, Thomas, dachte sie, von der Frau, die aus dem Nichts heraus ihren Mann mit einem Küchenmesser erstochen hatte, während er ahnungslos schlief. Aber noch nicht heute.

Ich setze mich lieber rüber ins Wohnzimmer, drehe die Stereoanlage auf und höre mir über die Kopfhörer die *Joplin* an! So fand sie Josef eine halbe Stunde später, als er auf die Toilette ging und sich wunderte, dass sie nicht neben ihm im Bett lag.
„Was ist los mit dir?“, fragte er besorgt, als er sie zusammengekauert auf der Couch vorfand. Du solltest es wissen, dachte sie, als er so hilflos vor ihr stand. Er wusste es auch, und sie wusste, dass er es wusste; er konnte es nur nicht sagen. „Nichts“, antwortete sie und erlöste ihn, „ich kann nicht schlafen.“
„Ich könnte auch nicht schlafen, wenn ich mitten in der Nacht Musik höre. Jetzt komm wieder ins Bett!“
Sie folgte seiner Aufforderung. In der Nacht war sie nicht die Frau, die er geheiratet hatte und die er kannte. Sie wollte ihm diese fremde Seite an sich nicht zeigen. Selbst wenn sie in der Nacht keinen Schlaf mehr finden sollte. In ihren Gedanken sang sie jene Lieder weiter, die sie schon so lange durch ihr Leben begleiteten.

Mit den meisten Gruppen, die sie auf den Kassetten von Thomas entdeckte, konnte sie sich nicht wirklich anfreunden; sie hörte sie nur, weil sie sonst nichts zum Anhören und Ablenken hatte und weil es seine Lieder waren. Wenn die Gitarren rockten, der Bass und das Schlagzeug dröhnten und ein sogenannter Sänger herumkreischte, dann konnte sie mit dieser Art von Musik wenig anfangen, doch sie verstand, warum sie Thomas so wichtig gewesen war. Sie sah ihn vor sich, wie er mit einer Luftgitarre in der Hand den Rhythmus vorgab, und sie spürte intuitiv, dass er derart verrückt in seinem Zimmer herumgesprungen war, hinter verschlossener Tür, damit niemand ihn ertappte.

Eines Tages aber legte sie eine Kassette mit der Aufschrift *Flower-Power* ein und sie vernahm eine Stimme, bei der sie sich im ersten Moment nicht sicher war, ob sie einer Frau oder einem Mann gehörte. Eine Stimme, die einer Urgewalt glich, die sie erschütterte, die all die Jahre nur auf sie gewartet zu haben schien.

Cry Baby traf sie mitten ins Herz, entfesselte sie; die Welt konnte nicht mehr dieselbe sein.

Die erste CD, die sie sich bestellte, waren *Janis Joplin's Greatest Hits.* Und sie spielte sie rauf und runter, jede freie Minute, jeden freien Tag. Lautstark sang sie die Lieder mit, mit falschem Text teilweise, wie sie erst Jahre später herausfand, als ihr Josef als eines seiner ersten Geschenke ein *Joplin Songbook* zum Geburtstag überreichte, doch es war ihr egal. Sie hatte eine Sprache gefunden, eine Stimme, eine Vorreiterin, an die sie sich klammerte in ihrem Kampf und ihrer Verzweiflung.

Und so lag sie wieder einmal auf ihrem Bett, von der Arbeit müde, aber erschöpft vom Ringen mit der noch immer vorhandenen Treue zu ihrer Familie und dem Bedürfnis nach Unabhängigkeit, und der Wunsch, nein, die Notwendigkeit einer eigenen Wohnung drängte immer stärker aus ihr.

VIII

Kurz nach ihrem einundzwanzigsten Geburtstag war es so weit.
Ängstlich stand sie vor ihrer Mutter, verschüchtert, immer noch ein kleines Kind.
„Ich muss mit dir reden, Mama", begann sie und blickte betreten zu Boden, obwohl sie sich fest vorgenommen hatte, wie eine erwachsene Frau mit ihr zu sprechen, von Angesicht zu Angesicht.
„Was gibt's? Was haben wir schon wieder falsch gemacht?"
„Nichts."
Sie wollte nicht mehr auf Konfrontation gehen. Die letzten Wochen hatten ihr genug Kraft abverlangt, vermutlich ihnen allen.
„Ich werde demnächst ausziehen. Ich … Ich habe eine kleine Wohnung gefunden, die ich mir leisten kann, nichts Besonderes, aber für mich reicht sie. Ich bin jetzt einundzwanzig, und irgendwann muss es ja sein. Und dann hätten Fritz und Ernst endlich jeder sein eigenes Zimmer. Es wäre dann auch nicht mehr so eng hier.
Und ich gehe ja auch nicht weit fort, so wie Thomas es getan hat, ich bin nur ein paar Minuten entfernt in der Stadt, und ich könnte dann auch zu Fuß zur Arbeit gehen und würde das Geld für das Benzin sparen."
Die Worte sprudelten nur so aus ihr heraus, Schuld, schlechtes Gewissen, das Gefühl, sich rechtfertigen zu

müssen, weil es sie nach einem eigenen Leben verlangte.
„Schon gut, Maria. Ich kann dich verstehen. Du bist erwachsen. Als ich so alt war wie du, war ich schon mit eurem Vater zusammen. Es wird Zeit, dass du gehst. Das wissen wir beide. Es tut uns nicht gut, dass wir noch unter einem Dach leben. Denkst du, mir macht es Spaß, dass wir uns andauernd in den Haaren liegen?
Du bist mein großes Mädchen, und ich weiß, dass ich mich auf dich verlassen kann. Du wirst uns nicht vergessen, wie Thomas das getan hat. Du wirst mich nicht enttäuschen, wie er es tut."
Maria erwiderte nichts. Sie umarmten sich nicht, fielen einander auch nicht um den Hals. Keine rührselige Mutter-und-Tochter-Szene, weil sie wieder zueinander gefunden hatten. Sie nickte nur und bedankte sich; verstand, dass ihre Mutter, ihre Eltern nicht böse, nicht gut, sondern einfach auch nur Menschen waren. Auf sich gestellt, rangen sie alle um ihr eigenes Überleben. Der Abschied fiel ihr dennoch schwer. Veronika und Gerti weinten, als sie sie in die Arme nahm.
„Wir wollen nicht, dass du gehst, Maria!", klammerten sich die beiden an sie. „Wer ist denn jetzt für uns und die Buben da?"
Sie beruhigte sie.
„Ich bin ja nicht weit weg. Und ich komme schon am Sonntag wieder und besuche euch alle. Und außerdem, wenn ich mich eingelebt habe, dann könnt ihr mich jederzeit besuchen kommen und auf meiner Couch übernachten."

Auch sie musste weinen, als sie zum Abschied winkte und der Bauernhof im Rückspiegel verschwand. Es war ihr Daheim, ihre Heimat, die sie zurückließ, wo sie jeden Bach, jeden Feldrain, jeden Findling kannte. Die Wohnung erschien ihr noch so fremd und leer.
Nur spärlich hatte sie sie eingerichtet, nur die wichtigsten Möbel billig im Abverkauf erworben und nach der Arbeit zusammengebaut. Eine karge Wohnung, die ganz zu ihr passte, zu dem kargen Mädchen.
Nur ihr Radio war da, wartete auf sie, ihr treuer Weggefährte. So schaltete sie es ein, legte die *Cheap Thrills* ein und fühlte sich, während sie zum ersten Mal in ihrem Leben allein das Abendessen einnahm, doch nicht mehr ganz allein.

„Wie hast du geschlafen?", fragte die Chefin sie am nächsten Morgen.
„Die erste Nacht in deiner eigenen Wohnung; ich kann mir vorstellen, dass das eine Umstellung für dich ist."
Sie hatte den Germteig in aller Früh angerührt und ließ ihn in einer Schüssel rasten. Die Gläser mit Powidl standen bereit. Es war Mehlspeistag, offenbar würde es Germknödel geben. Maria hoffte, dass genug übrigbleiben würden. Germknödel hatte sie nämlich ausgesprochen gern.
„Ehrlich gesagt, schlecht", antwortete sie und begann, die gekochten Erdäpfel für den Salat zu schälen. Sie waren noch heiß, aber das machte ihr nichts. Die Haut an ihren Händen war schon lange abgehärtet. Der Rest von mir lässt sich damit noch Zeit, dachte sie und wun-

derte sich, warum sie plötzlich so verbittert war.
„Es ist natürlich noch alles fremd. Es fühlt sich noch nicht an wie meine Wohnung. Und ein fremdes Bett, auch wenn es eigentlich mein Bett ist.“
Sie wollte nicht viel erklären, musste es auch nicht.
„O ja, ich weiß, was du meinst.
Als ich von zu Hause ausgezogen bin, wohnte ich die erste Zeit zur Untermiete bei den Steiningers. Beide waren sehr nett und haben sich wirklich fürsorglich um mich gekümmert, trotzdem habe ich Wochen gebraucht, bis ich mich eingelebt hatte. Und als ich Karl geheiratet habe und wir hier eingezogen sind, haben ja noch meine Schwiegereltern und Karls Brüder hier gewohnt. Du kannst dich glücklich schätzen, dass du allein bist!
Du weißt, wenn du Hilfe brauchst …“
„Ja, danke, das weiß ich.“
Damit war das Thema Umzug erledigt. Der Alltag nahm zumindest am Arbeitsplatz wieder seinen vertrauten Lauf. Sie war froh darüber. Und dankbar, dass ihr die Klingers kein altes Geschirr angeboten hatten, als Einstandsgeschenk oder Starthilfe. Sie wollte keine Almosen. Sie wollte sich ihren Unterhalt selbst verdienen, auf keine fremde Hilfe angewiesen sein, schon gar nicht auf Mitleid. Sie war alt genug zu wissen, dass Mitleid ihr nicht weiterhalf.

Manuela war der erste Besuch, den sie in ihrer Wohnung empfing. Ungeplant, versteht sich, denn von sich aus hätte sie in ihre halbfertig eingerichtete Wohnung noch niemanden eingeladen. Manuela aber ließ sich nicht lange bitten. Es war ein Freitagabend, sie war erst seit einer guten Stunde zu Hause (falls diese Bezeichnung überhaupt schon angebracht war) und hatte geduscht, sich umgezogen und gerade ihr Abendessen gerichtet, als es plötzlich an ihrer Tür läutete. Verwundert öffnete sie, überzeugt, dass sich Wer-auch-immer geirrt hatte und eigentlich zu einem ihrer neuen Nachbarn wollte.

„Überraschung!", grinste Manuela sie an, drückte ihr eine Flasche Sauvignon blanc mit den Worten „Hier, zum Anstoßen! Aber sag's nicht Papa, ich habe ihn mir aus dem Weinkeller geliehen!" in die Hand und stand schon mitten im Vorzimmer.

„Hübsch hast du es hier! Na ja, noch ein bisschen spartanisch, aber das wird schon mit der Zeit. Wo geht's zur Küche? Einen Öffner habe ich sicherheitshalber mitgebracht."

Als Manuela bereits bei ihr in der Küche stand und vergeblich nach zwei Weingläsern suchte, fand sie endlich ihre Sprache wieder.

„Manuela! Ich freue mich ja, dich zu sehen. Aber, entschuldige, was machst du hier?"

„Na was wohl, Dummerchen? Wir stoßen auf deine erste eigene Wohnung an! Du hast doch nicht geglaubt, dass du umziehen kannst, ohne dass wir beide das feiern.

Keine Weingläser, na, macht nichts! Auf das ganze önologische Getue leg ich sowieso keinen Wert. Hast du Knabberzeug da? Wenn nicht, dann lauf ich noch mal kurz rüber zu meinen Eltern, während du dich

inzwischen umziehen kannst."
„Umziehen wofür?"
„Ach, Maria, jetzt stell dich doch nicht so an! Natürlich damit wir nachher noch fortgehen!
Wir haben uns jetzt schon drei oder vier Wochen nicht gesehen. Ich muss dir doch von Wien und der Uni erzählen. Und von dir will ich natürlich auch alles wissen, wie es dir geht und wie der Umzug so war. Und du gehörst endlich auch mal unter die Leute! Du sollst dich nicht immer nur in Mamas Küche verstecken."
Sie wusste nicht, was sie sagen sollte. Es war lieb gemeint, und sie freute sich wirklich, aber …
„Du weißt doch, dass ich morgen arbeiten muss. Das Wochenende steht vor der Tür und ich bin müde."
„Papperlapapp! Wenn du so weitermachst, wirst du noch als alte Jungfer enden!
Du weißt, dass ich weiß, für wen du arbeitest! Und meine Eltern, wir alle vergöttern dich! Außerdem habe ich das Reservierungsbuch gecheckt, so viele sind noch gar nicht angemeldet. Das schaffst du mit links, außerdem bin ich auch dieses Wochenende in der Küche eingeteilt. Stefan ist da und macht das Service mit Papa und Isabella. Was hältst du eigentlich von ihr? Hübsch ist sie ja, aber ob sie zum Arbeiten wirklich taugt? Na, wir werden sehen.
Um Mitternacht sind wir wieder zu Hause, das verspreche ich dir! Ich will ja nicht, dass du Probleme kriegst. Aber versteh doch, du bist ja praktisch meine große Schwester. Lass uns einfach ein wenig Spaß miteinander haben."

Wie hätte sie da ablehnen können?
Es fand sich noch eine Packung Chips, ihr geheimes großes Laster, wie sie Manuela gestand.
„Schokolade, Zigaretten und Alkohol brauche ich nicht, aber bei Chips kann ich erst aufhören, wenn die Packung leer ist."
„Gott sei Dank hast du auch einen Makel! Ich habe dich schon fast für eine Heilige gehalten! Und heilige Marias gibt es wirklich mehr als genug."

Es wurde ein lustiger Abend. Eine Zeitlang saßen sie in der Küche zusammen, tranken Wein und aßen Chips, Manuela erzählte ihr von ihren Vorlesungen an der Uni und was sie in Wien bisher so unternommen hatte, und auch Maria öffnete sich und vertraute ihr ihre Sorgen und Bedenken wegen des Umzugs an.
„Sie hatten es ja auch nicht leicht, weißt du? Und dass Thomas mit ihnen gebrochen hat, das tut ihnen sicherlich immer noch weh."
„Du hast das Richtige getan. Du bist erwachsen. Du brauchst deine Freiheit. Nach dem, was du gesagt hast, versteht auch deine Mutter das.
Ich liebe meine Eltern, wirklich, aber unter uns, ich bin froh, dass ich während der Woche in Wien bin und sie nicht mehr ständig um mich habe. Die Wochenenden und die Ferien reichen. Das ist in Ordnung so. Das heißt nicht, dass ich sie jetzt weniger gernhabe. Bei dir ist das genauso. Du wirst sehen, du wirst dich in Zukunft jetzt viel besser mit ihnen verstehen."

Sie hoffte es. Seit ihrem Auszug hatte sie viel über ihre Eltern nachgedacht. Ohne sich über ihre Gefühle zu ihnen klar zu werden. Das wird schon, tröstete sie sich dann, das braucht einfach Zeit, du wirst schon sehen.
In diesem Punkt hatte sie sich geirrt. Auch mit Mitte vierzig war sie sich über die Beziehung zu ihren Eltern noch immer nicht im Klaren. Es spielte nur keine entscheidende Rolle mehr in ihrem Leben. Das machte den Unterschied. Wenn sie sich hin und wieder sahen, wechselten sie ein paar Worte miteinander, über die Familie, über Bekannte, über das, was im Alltag so vorgefallen war. Selbst Thomas wurde manchmal erwähnt. Es waren entspannte, ja noch nicht einmal unbedeutende Gespräche, nur Offenheit und emotionale Tiefe fehlten.
Sie schaffte es immer noch nicht, zu fragen: „Jetzt sag einmal, Mama, wie geht es dir wirklich?" Und sie wusste, dass diese Frage auch niemals über deren Lippen kommen würde. Dass sie niemals fragen würde: „Wie geht es dir eigentlich, ganz ehrlich, mein Kind?"
Und im Grunde war sie dankbar dafür. Was sollte sie auch sagen?
Ich liebe meinen Mann, aber zugleich stehe ich Nacht für Nacht mit einem Messer in unserem Schlafzimmer und überlege, ihn zu erstechen, während er schläft, weil ich das Zusammenleben mit ihm nicht mehr ertragen kann. Nicht mehr, seit Moritz …
Nein, das konnte sie nicht sagen. Das konnte sie niemandem erzählen. Selbst wenn sie manchmal einen Blick ihrer Mutter auffing, in dem sie all das zu finden

glaubte, was ungesagt blieb.
Ich verstehe dich, mein Kind, schienen ihre Augen zu sagen, glaub mir, mit deinem Vater ging es mir manchmal ähnlich. Es geht vorbei, so wie alles vergeht.
Sie wollte es so gerne glauben, darauf hoffen, dass das Schweigen irgendwann leichter wurde, dass das Messer irgendwann nicht mehr nötig war.

„Ich bin übrigens keine Jungfrau mehr!“
Manuela blickte sie verwirrt an. In der Bar, in die sie gegangen waren, war es wegen der Musik und der Stimmen der anderen Gäste so laut, dass sie nicht wusste, ob Manuela sie nicht verstanden hatte und sie deshalb so verwirrt anblickte. Aber sie wollte nicht schreien, nicht jene Worte, die sie gesagt hatte.
„Weil du vorhin gemeint hast, ich würde noch als alte Jungfer enden. Das geht nicht mehr. Ich hatte zwar noch nie eine längere Beziehung, aber ein paar Erfahrungen mit Jungen habe ich schon gemacht.“
So, jetzt war es gesagt; auch wenn sie nicht wusste, ob sie sich besser fühlte. Sie wollte nicht als Mauerblümchen dastehen, selbst wenn sie wahrscheinlich eines war, nicht vor Manuela.
„Ach, Maria, entschuldige, ich wollte dich nicht beleidigen. Du kennst mich ja! Du darfst die Hälfte von dem, was ich sage, nicht ernst nehmen. Natürlich bist du keine alte Jungfer, selbst wenn du noch Jungfrau wärst! Wen kümmert's? Das ist deine Sache, das geht niemanden sonst etwas an. Okay? Ich wollte dich nur etwas aufzie-

hen, ein bisschen rauslocken aus deiner Reserve. Weißt du was? Jetzt lass uns tanzen gehen!"
Sie hatte bereits ihre Hand ergriffen und zerrte sie mit auf die Tanzbühne.
„Manuela, nein, ich bitte dich ..."
„Ach komm! Schau dir diese Typen doch an! So ungelenk kannst du dich in hundert Jahren nicht bewegen."
Manuela verschwand kurz hinter der Bar und flüsterte dem Discjockey, den sie offenbar gut kannte, ein paar Worte ins Ohr.
„So, alles geregelt! Jetzt komm, lass dich einfach von der Musik treiben."
„Was hast du gemacht?"
Die Antwort folgte eine Minute später. Die ersten Töne von *Try* erklangen und Manuela grinste sie breit an.
„Für dich!", flüsterte sie, bevor sie sich im Takt zu wiegen begann, die Arme über ihren Kopf kreisend, eins mit der sich wiegenden Masse.
Sie konnte nicht sagen, was es war, der Alkohol, Manuela, das plötzliche Gefühl von Freiheit, alles zusammen und noch viel mehr. Sie schloss ihre Augen, fühlte sich wie zu Hause in ihren vier Räumen, zu Hause in der Musik, die ihren Kopf, ihre Hüften, ihre Arme und Beine bewegte und die ihr so innig vertraut über die Lippen kam.
Manuela klatschte in die Hände, dann fiel sie ihr um den Hals.
„O Maria, das war wunderbar! Ich wusste doch, was in dir steckt! Wie du dich bewegen und vor allem, wie du

singen kannst! Als ob du die leibhaftige *Joplin* wärst! Da, schau, ich habe eine Gänsehaut bekommen."

Sie war noch berauscht von jenem Erlebnis, als sie wieder an ihrem Tisch Platz nahmen. Hatte sie wirklich gesungen und getanzt, in aller Öffentlichkeit? Und keiner lachte oder zeigte mit dem Finger auf sie? Ein paar Besucher lächelten ihr zu, die meisten aber tanzten einfach weiter, schienen sich nicht an ihr zu stören, schienen ihr keine Beachtung zu schenken; im besten Sinne durfte sie einfach sein, so wie sie war. Sie war eine von ihnen.

„Darauf müssen wir anstoßen! Maria, wie bin ich stolz auf dich! Und beeindruckt von dir! Also wenn ich eine solche Stimme hätte …!

Ein letztes Getränk noch, dann lass uns nach Hause gehen. Ich habe dir versprochen, dass du kurz nach Mitternacht im Bett bist. Und besser kann der Abend nicht mehr werden!"

IX

So hatte mein neues Leben begonnen, erinnerte sie sich, während sie das Brot aufschnitt, in den Korb legte und auf den gedeckten Küchentisch stellte, sich hinsetzte, bereits einen Schluck Wein trank und wartete, dass Josef von der Arbeit nach Hause kam. Es war sein langer Tag, und er würde sich wieder beschweren, über Gott und die Welt klagen, jammern, ohne je etwas zu verändern. Sie war nicht gerecht, das wusste sie, doch sie konnte die immer gleiche Litanei einfach nicht mehr hören. Es war nicht leicht für ihn, ja, das wusste sie; und es würde nicht leichter werden, wenn er nur in Selbstmitleid versunken herumsaß und sein Schicksal anprangerte.

„Lass dich einmal krankschreiben", hatte sie ihm schon mehrmals geraten, „ein paar Tage Abstand, das würde dir guttun, und deshalb wirst du nicht gleich gekündigt! Und wenn schon, dann findest du etwas anderes, Besseres. Für jemanden, der arbeiten will, findet sich immer eine Arbeit!"

Er würde sagen, dass sie vermutlich recht habe, aber … Oder dass sie leicht reden habe, immerhin sei er ein Mann … Irgendwelche Ausreden, die ihn an seinem Unglück festhalten ließen. Und sie? Sie konnte, trotz allem Mitleid, das sie für ihn empfand, immer weniger Geduld für ihn aufbringen. Er nervte sie, das war die Wahrheit, die sie sich eingestehen musste, nein, nicht er selbst, aber seine Trägheit, seine Lethargie, die sie gerade

jetzt nicht mehr ertragen konnte.
Mimi schmiegte sich um ihre Sprunggelenke, schnurrte, was sie selten tat, und blinzelte sie aus ihren unergründlich weisen Augen an.
„Ja, Schatz, du verstehst mich!“, sagte sie, während sie das Tier hochnahm und auf ihrem Schoß streichelte. „Du verstehst, was unsere Männer uns beiden angetan haben.“

Wohin hat mich mein neues Leben eigentlich gebracht, das damals begann?
Wie zwei pubertierende Mädchen, die sich zum ersten Mal heimlich abends fortgeschlichen hatten und nicht erwischt worden waren, hatten Manuela und sie sich verschwörerisch am nächsten Tag zugelächelt. Nicht einmal müde hatte sie sich gefühlt, nein, wie beflügelt war ihr die Arbeit von der Hand gegangen.
Sie ging nun öfters fort. Anfangs gemeinsam mit Manuela, durch sie lernte sie andere junge Menschen kennen, die nicht nach ihrer Herkunft oder ihrer Familie fragten, sondern sie einfach nett und sympathisch fanden, sich freuten, wenn sie sich zu ihnen setzte, und ihr interessiert zuhörten, wenn sie etwas erzählte.
Das dauerte natürlich eine Zeit. Zuerst saß sie eher schüchtern am Tisch, redete aus Angst, etwas Falsches zu sagen, wenig, um sich nicht zu blamieren. Sie fühlte sich wieder in die Schulzeit zurückversetzt: Sie hatte oft die richtige Antwort gewusst, sich aber nicht aufzuzeigen getraut, weil der Name ihres Vaters wie ein Makel

an ihr klebte. Ihre Meinung zählte nicht, selbst wenn sie richtig war. Das hatte das Leben sie gelehrt.
Bisher.
Aber plötzlich wurde sie nach ihrer Meinung gefragt, und wenn sie vorsichtig, jedes Wort abwägend, ihre Ansichten äußerte, rollte niemand mit den Augen, bedachte niemand sie mit abfälligen Blicken. Susi, Johannes, Emma und die anderen hörten ihr zu, nickten, pflichteten ihr bei oder meinten anerkennend: „Stimmt, unter diesem Gesichtspunkt habe ich das noch gar nicht gesehen!"
Sie gehörte dazu. Sie durfte sein, wie sie war, und sagen, was sie dachte.
Nicht alle studierten wie Manuela, einige gingen wie sie schon seit Jahren arbeiten und verdienten ihren Lebensunterhalt selbst. Es kümmerte niemanden, welchem Beruf jemand nachging oder woher jemand stammte; nur der Mensch, der sie war, zählte. Sie hatten alle ihr Leben zu bestreiten, wie sie im Laufe der Zeit lernte. Sie waren alle nicht reich, nicht arm, sie waren junge Menschen mit ihren Hoffnungen, Träumen, Sorgen und Problemen, die sich jeden Freitag und jeden Samstag trafen, um einfach einige unbeschwerte Stunden miteinander zu verbringen. Die sich aber auch beistanden, wenn jemand Hilfe oder einfach nur ein offenes Ohr brauchte. Die füreinander da waren, die das Leben zusammengeführt hatte.
Der Club des Lebens, sie erinnerte sich und musste über jene hochtrabende Titulierung lächeln, so hatten wir uns

genannt, denn das Leben konnte morgen schon vorbei sein, und daher wollen wir es zelebrieren, solange wir die Gelegenheit dazu haben. Zwei, drei Jahre trafen sie sich regelmäßig, und vielleicht, dachte sie zurück, war dies die schönste und unbeschwerteste Zeit in ihrem Leben. Sie saßen zusammen, Woche für Woche an dem Ecktisch, der für sie reserviert war, unterhielten sich, tauschten die Vorkommnisse der vergangenen Tage aus und gaben sich gegenseitig Musik- und Literaturtipps; Hans erzählte von dem Konzert, das er besucht, Emma von dem neuesten Dokumentarfilm, den sie gesehen, und Susi von der Ausstellung, die sie fasziniert hatte. Sie waren eine Art Bohemiens, eine Gruppe, die sich traf, die voneinander lernte und sich austauschte. Und sie mitten unter ihnen, ein Teil von ihnen! Ja, sie lernte wieder! Wie früher, als Manuela neben ihr gesessen war und sie in ihren Schulbüchern geschmökert hatte. Ihr Wissensdurst, der in den Jahren nicht versiegt war, er strömte über, war nicht zu stillen.

„Eines Tages, Maria", bestärkte Emma sie, als sie ihr wieder ein paar Bücher borgte, „glaub mir, da wirst du die Matura nachmachen und uns alle überraschen und mit einem Studium beginnen!"

Und wenn sie ihren Kopf schüttelte, dann griff sie nach ihrer Hand und blickte ihr tief in die Augen.

„O doch, du wirst schon sehen! Du hast das Zeug dazu. Den nötigen Ehrgeiz und die erforderliche Ausdauer, und über deine Intelligenz brauchen wir sowieso nicht zu reden. Schau dir nur Peter an. Ich mag ihn, aber wenn

du mich fragst, er wird sein Jusstudium nie zu Ende bringen, ihm fehlt der Biss! Er hatte es bisher zu leicht im Leben. Er hat nicht kämpfen müssen wie du und ich."
Menschen, die an sie glaubten, die Begabungen in ihr sahen, an die sie selbst kaum glauben konnte.
Oh, sie vermisste diese Gespräche, jene Abende, als sie alle zusammensaßen und träumten, sich verwandelten, beschlossen, neue Namen anzulegen, die nur ihnen gehörten, die nur ihnen bekannt sein sollten. Eine Art Geheimsprache, ein Bündnis, eine eingeschworene Gemeinschaft.
Manuela, ja, Manuela, wer sonst, hatte damit angefangen.
„Wie geht es dir, Manuela?", hatte sie an einem Samstagabend gefragt, als diese ungewöhnlich schweigsam neben ihr gesessen war.
„Was ist los mit dir? Du bist heute gar nicht du selbst."
„Bin ich auch nicht", hatte sie nur geantwortet, „ich bin nicht mehr Manuela. Ich bin *Sibyl Vane*! Schmählich hat er mich verlassen und meine Liebe mit Füßen getreten – doch der Arsch kann lange warten, dass ich mich wegen ihm umbringe!"
Ja, so hatte es begonnen; mit einer zum Pathos neigenden, gekränkten Manuela! Und aus Solidarität hatten sie sich alle neue Namen und Persönlichkeiten erwählt. So wurde aus Susi *Jeannie,* weil sie jedes Mal, wenn sie ein Glas zu viel getrunken hatte, nach einer Zigarette verlangte und *Air* zum Besten gab, Hans, dessen Herz für klassische Musik schlug und der unter einem kaum

sichtbaren Feuermal in seinem Gesicht litt, nannte sich *Eric*, aus Johannes wurde aufgrund seiner Begeisterung für die indische Philosophie *Ananda*, Emma wählte *Cathy* nach ihrem Lieblingsbuch *Wuthering Heights* aus – und sie selbst? Natürlich, da waren sie sich alle einig, für sie konnte es nur *Pearl* werden.

Einzig für Peter wollte sich kein Name finden. Dutzende Vorschläge wurden ihm gemacht, Woche für Woche wurde überlegt, doch nichts schien ihm passend, mit nichts wollte er sich zufriedengeben. Letztendlich wurde schon halb ernsthaft, halb im Scherz überlegt, ob es nicht besser wäre, ihn einfach aus ihrem Club auszuschließen, er könne ja nicht ewig der Namenlose bleiben.

„Ich hätte da etwas für dich", murmelte sie eines Abends und sofort waren alle Augen auf sie gerichtet. „Es ist eigentlich gar kein richtiger Name. Also kein Name, den es wirklich gibt. Ich habe ihn mir selbst ausgedacht."

Da war es wieder, sie fühlte sich beschämt. Warum nur hatte sie ihren Mund aufgemacht? Warum nur kam dieses Gefühl der Unzulänglichkeit wieder in ihr hoch, immer noch, nach all den Jahren, obwohl sie hier unter ihren Freunden saß? Ja, hatte sich nicht Johannes erst neulich wieder bei ihr bedankt, dass sie ihn damals bei der Führerscheinprüfung gerettet hatte? Ohne dich wäre ich verloren gewesen, hatte er gesagt, und das, wo er als Medizinstudent schon im Krankenhaus arbeitete!

„Lass hören, Pearl!"

Voller Erwartung blickten sie sechs Augenpaare an.

So war es. Sie war Pearl, nicht Maria! Sie brauchte nur

ihre Augen zu schließen und sich in die Musik in ihrem Kopf fallen zu lassen, schon hatte sie keine Angst mehr.
„*Careto*!“, sagte sie mit fester Stimme.
Dann noch einmal, schüchterner, da niemand ein Wort sagte: „Careto. Ich weiß schon … War nur so eine Idee.“
Peter stand auf und fiel ihr um den Hals.
„O Pearl, ich danke dir! Das ist genial! Careto! Wie das schon klingt … Ein Name, den es noch nie gab!“
„Dann lasst uns anstoßen!“
Cathy erhob sich mit ihrem Glas in der Hand, die anderen taten es ihr gleich.
„Auf Careto! Auf den Club des Lebens! Und darauf, dass wir alle endlich unseren Namen gefunden haben.“
„Und darauf“, fügte Sibyl dem Trinkspruch bei, „dass wir dank Pearl für Peter endlich einen Namen gefunden haben, der auch wohlklingend genug ist für sein Ego.“

X

„Du lässt dich auch immer weniger bei uns sehen!" bekam sie jeden Montag von ihrer Mutter zu hören, wenn sie an ihrem freien Tag in der Woche nach Hause fuhr, um ihre Familie zu besuchen.
„Du treibst dich jedes Wochenende beim Krainer herum, erzählt man uns; jeden Freitag- und jeden Samstagabend bist du dort! Mit lauter Studierten, mit all den Arbeitsscheuen, die sich für etwas Besseres halten.
Da gehörst du nicht hin, Maria! Du bist ein anständiges Mädchen. Vergiss nicht, wer deine Familie ist. Enttäusche mich nicht! Treibe es nicht zu weit. Es war nicht leicht, dich bei den Klingers unterzukriegen. Wenn du es versaust und sie dich rauswerfen, dann musst du selbst schauen, wo du bleibst! Deine neuen Freunde werden dir da nicht helfen!"
Die Vorwürfe waren jede Woche ähnlich; haltlos und ungerecht.
Die Klingers kümmerten sich nicht darum, wie sie ihre Freizeit verbrachte, solange sie ihre Arbeit gewissenhaft erledigte. Im Gegenteil, sie schienen sich zu freuen, dass sie Anschluss zu anderen jungen Menschen fand und endlich zumindest ein wenig das Leben einer jungen Frau lebte. Und die meiste Zeit war sie ja mit Manuela und deren Freunden zusammen; von schlechtem Umgang konnte man also nicht reden.
Sie wusste nicht, was ihre Eltern störte. Sie hatte

geglaubt, es würde leichter werden, wenn sie ausgezogen war und ihr eigenes Leben lebte. Anfangs hatte es auch danach ausgesehen; doch nur so lange, wie sie sich ihnen weiterhin unterordnete und nach ihren Vorstellungen lebte. Sobald sie begann, mehr sie selbst zu sein, freier zu leben, sah sie sich wieder Vorwürfen und Sticheleien ausgesetzt.

War es Eifersucht? Neid? Gekränktheit? Oder einfach Engstirnigkeit und Ignoranz? Sie wusste es nicht. Sie wollte sich mit diesen Fragen auch nicht quälen, doch das gelang ihr nicht. Es dauerte Jahre, bis es ihr gelang, sich endgültig von ihrer Familie zu befreien.

Falls mir das tatsächlich je gelungen ist, gestand sie sich manchmal in den Nächten, wenn sie nicht schlafen konnte, ein.

Sie besuchte ihre Eltern weiter, auch wenn es sie verletzte, angegriffen zu werden; sie wusste manchmal selbst nicht, warum sie das tat; warum sie sich das antat. Sie hatte geschworen, nicht wie Thomas zu werden, ihre Familie nicht fallen zu lassen. Und ja, sie freute sich jede Woche darauf, ihre Geschwister zu sehen.

Sie waren der wahre Grund, warum sie zurückkehrte, die Einfahrt hinauffuhr, auch wenn sie spürte, wie sich ihr Magen zusammenkrampfte. Sie waren unschuldig, wie sie selbst; auch sie waren ihrer Herkunft, ihren Eltern hilflos ausgeliefert.

Hatte ich gehofft, ihnen einen Ausweg aufzuzeigen, fragte sie sich, während sie wartete, Josefs schwere Schritte im Treppenhaus zu hören. Doch welcher Aus-

weg wäre das gewesen? Dass sie sich eine Arbeit suchen und frei sein konnten, dass sie es, was? Schaffen konnten? Träumen nachhängen und Phantasienamen anlegen konnten? Was hatte sie schon erreicht? Was war aus ihr geworden? Hatte Thomas nicht recht? Eine bessere Putzfrau, nicht mehr? Sie hatte nie studiert, obwohl sie stets davon geträumt hatte. Nicht einmal die Matura hatte sie nachgeholt, obwohl sie alle, Sibyl, Careto und die anderen, so große Hoffnungen in sie gesetzt hatten. Nein, nicht in sie, in Pearl! In eine Figur, die sie in ihrem Schlafzimmer und am Wirtshaustisch nach ein paar Gläsern Wein erfunden hatte! Nicht einmal erfunden, gestohlen, vom Albumcover ihrer Lieblingsplatte herabgezerrt, missbraucht, verunstaltet!
Träumer waren wir gewesen, nicht mehr! Junge, naive, blauäugige Menschen, die glaubten, sie könnten die Welt verändern!
Wir würden immer füreinander da sein, wir würden immer zusammenhalten. Ha, wie lange hatte ihre Freundschaft gehalten? Zwei, drei Jahre! Sie alle waren ihre eigenen Wege gegangen, fanden immer weniger Zeit füreinander, hatten sich aus den Augen verloren. Manuela war die Einzige, die sie noch regelmäßig traf.

Das Leben ist uns passiert, uns, dem Club des Lebens, hatte Manuela einmal mit Bedauern in ihrer Stimme gesagt, als sie bei einem Kaffee zusammensaßen und sie sie gefragt hatte, ob zumindest sie die anderen noch manchmal sah.

„Eric habe ich vor einigen Wochen mal zufällig in Heiligenstadt am Bahnhof getroffen. Er wartete auf die Schnellbahn, wir blickten uns beide an und mussten kurz überlegen, woher wir einander kannten, dann lachten wir, fragten, wie es so geht, meinten, es war schon eine schöne Zeit damals, wir sollten uns einmal wieder alle treffen, tja, und das war's. Von den anderen habe ich auch schon ewig nichts mehr gehört."
Vielleicht hatte ihre Mutter doch recht gehabt, vielleicht hatte sie sie nur warnen wollen vor den Enttäuschungen, die das Leben für eine wie sie, für eine mit ihrer Herkunft, unweigerlich mit sich brachte.
„Wir gehören nicht dazu, Maria, merk dir das! Egal was immer sie auch zu dir sagen!"
Ja, sie hatte sie gewarnt, auf ihre eigene, beinharte Art.
„Am Ende bleibt das Blut, das immer dicker ist als Wasser, merk dir das."
Und dennoch, sie war doch glücklich gewesen in jenen Tagen, oder nicht? Und Veronika und Gerti hatten auf sie gewartet und waren ganz gespannt gewesen, was sie ihnen erzählen würde. Sie wollten wissen, was Pearl die Woche über wieder erlebt hatte. Sie träumten und lachten mit ihr, sie hatten denselben Glanz, dasselbe Strahlen in ihren sonst so traurigen Augen.
War das nicht wertvoll? War das alles – nichts gewesen? Woher kamen diese negativen Gedanken in letzter Zeit? Woher der Drang, das Bedürfnis, die schönsten Momente in ihrem Leben in ihrer Erinnerung zu zerstören?
Das Leben war nicht mehr, was es einmal war; nicht

mehr seit sie Moritz verloren hatte; nicht mehr seit Josef für sie unerträglich geworden war.
Sie musste sich wappnen!
Das Leben hatte sie zerstört, das Leben hatte ihr einmal zu oft ins Gesicht geschlagen. Nun musste sie stark sein; zerstören, was schön gewesen war, denn sonst würde sie weiterhin zögern. Sie musste Rache nehmen, abtöten, was sie hinderte; beenden, was vor langer Zeit in ihr begonnen hatte. Das Messer endlich zu Wort kommen lassen!
Josef! Was haben wir einander nur angetan?

XI

Sie konnte sich noch an ihre erste Begegnung erinnern, natürlich. Auch wenn sie nicht gedacht hätte, dass jener Arbeiter, der ihr zulächelte und der sie zugleich furchtbar mit seiner überheblichen Art nervte, der Mann sein würde, in den sie sich einmal verliebte.
Sie hatte kurzfristig bei den Klingers im Service aushelfen müssen, daran konnte sie sich noch gut erinnern.
Susi, die Kellnerin, hatte sich krankgemeldet und so hatte der Chef Verstärkung beim Bedienen gebraucht; die Chefin hatte geseufzt, sie angesehen und gesagt: „Ich weiß, du magst das Service nicht, Maria, und ich gebe dich auch nicht gerne her; nicht einmal für ein paar Tage. Aber für die Küche kann ich Frau Winter fragen. Sie hilft uns ja immer wieder einmal und ist einigermaßen eingearbeitet. Für das Gastzimmer aber finden wir so rasch niemanden; es wäre auch nur bis zum Wochenende, dann ist Manuela daheim. Also, es wäre uns wirklich eine große Hilfe …"
Wie sollte sie da ablehnen, wo sie ihnen so viel verdankte? So zog sie ihre Schürze aus, eilte in ihre Wohnung, um die abgetragene Jeans und das T-Shirt gegen einen ihrer wenigen Röcke und eine Bluse einzutauschen, warf einen Blick in den Spiegel, dachte sich, ich sehe ja richtig adrett aus, lächelte, weil sie diesen Ausdruck vor wenigen Jahren noch gar nicht gekannt hatte und er ihr inzwischen wie selbstverständlich über die Lippen kam, und versuchte sich zum ersten Mal in ihrem Leben als Kellnerin.

Es machte ihr Spaß. Sie war nicht mehr das scheue, karge Mädchen, das vor Jahren an der Hand seiner Mutter in der Küche gestanden war und verlegen zu Boden geblickt hatte, wenn es angesprochen wurde. Sie hatte sich zu einer jungen, selbstbewussten Frau entwickelt. Ich bin Pearl, wappnete sie sich, bevor sie auf den Tisch mit den Straßenarbeitern zuging, um die Bestellung aufzunehmen. Wenn ich abends im Café tanzen und singen kann, dann kann ich auch ein paar Männern das Essen und Trinken bringen.

Er gefiel ihr, der junge Mann, der ihr zulächelte. Er hatte einen dunklen, von der Sonne gebräunten Teint, sein Gesicht war glattrasiert und sein dunkles, volles Haar, das er aus Sicht ihrer Mutter sicherlich zu lang trug, fiel ihm beim Sprechen in die Augen, aber er streifte es lässig zurück, spielte einen Moment mit einer Strähne zwischen seinen Fingern, bevor er sie hinter seinem Ohr zu fixieren versuchte.

Sie lächelte zurück.

„Darf es noch etwas sein?“, fragte sie in die Runde, auch wenn ihre Augen an seinem Kinn hängen blieben.

„Ich krieg noch ein Mocca!“, sagte er, und der Ton, in dem er es sagte, schmerzte sie. Von oben herab, befehlshaberisch, ohne „Bitte“, ohne „Dürfte“ oder „Könnte ich“, und noch nicht einmal im korrekten Deutsch!

Sie straffte ihre Schultern, spürte das Lächeln auf ihren Lippen schwinden.

„Gerne. Einen großen oder einen kleinen Mocca, was darf es für Sie sein?“

Er sollte ruhig merken, dass er um nichts besser war als sie, sollte merken, dass sie zumindest Manieren und Umgangsformen hatte.
„Ein Mocca ist ein Eis“, entgegnete er ihr, hörbar genervt, „da gibt es kein großes und kein kleines.“
O nein, sie würde sich nicht geschlagen geben.
„Mocca ist die Bezeichnung für einen großen oder einen kleinen Schwarzen. Wenn Sie ein Cornetto mit Kaffeegeschmack wollen, könnten Sie das bitte einfach so sagen, damit keine Verwechslung entsteht.“
Sie wusste, dass sie geschwollen daherredete. Es war ihr auch peinlich, doch sie konnte nicht anders.
„Okay, dürfte ich bitte, wenn es dem Fräulein genehm ist, endlich mein Cornetto mit Kaffeegeschmack haben? Um eins ist nämlich unsere Mittagspause vorbei, da müssen wir wieder auf die Baustelle.“
„Selbstverständlich.“
„Was war denn das jetzt?“, fragte sie ihr Chef, als sie an die Schank zurückkam.
„Nichts. Manchmal muss man als junge Frau die Männer in die Schranken weisen.“
„Wenn das nur gut fürs Geschäft ist!“
„Keine Sorge. Die kommen morgen wieder. Die Baustelle besteht noch etliche Wochen. Und ein so gutes und günstiges Mittagsmenü bekommen sie sonst nirgends.“
Sie sollte recht behalten. Als sie den Tisch abkassierte, gab er ihr das meiste Trinkgeld. Und beim Verabschieden zwinkerte er ihr zu und meinte: „Bist du morgen auch wieder im Dienst? Du gefällst mir!“

Wenige Tage später erkundigte er sich, ob sie am Wochenende schon verabredet sei.
„Bin ich", kokettierte sie, „wenn du willst, mit dir!"
So ließ sie sich samstags von ihm ausführen. Sie verbrachten einen schönen Abend miteinander, lachten und scherzten und verabredeten sich für Montag wieder, wo sie ihren freien Tag hatte.
Nach zwei Wochen fragte sie ihn, als er sie zu ihrer Wohnungstür gebracht hatte, ob er nicht noch auf ein Getränk mit hereinkommen mochte. Er wollte; wenige Minuten später fielen sie übereinander her.
Er war nicht ihr erster Mann. Weder der erste, in den sie sich verliebte, noch der erste, mit dem sie schlief. Doch die Männer vor ihm waren Jünglinge und unerfahren gewesen. Er aber wusste, was er tat. Er drang in sie ein und erfüllte sie, ließ sie erleben, was sie noch nie zuvor verspürt hatte.
„Du gefällst mir", flüsterte er wieder, als sie erschöpft aneinandergeschmiegt in ihrem Bett lagen.
„Du hast mir vom ersten Moment an gefallen, mit deiner frechen, herausfordernden Art. Kein Wunder, dass sie dich so lange in der Küche versteckt haben."

So hatte es begonnen, dachte sie, Schicksal oder nur ein purer Zufall, dass Susi damals krank geworden und sie im Gastzimmer eingesprungen war. Was machte das für einen Unterschied? Keinen mehr, nach so vielen Jahren. Sie hatten sich nicht sofort ineinander verliebt, nein; es war anfangs mehr eine Art Spiel und Neckerei, zwang-

los ein paar Stunden miteinander verbringen, guter Sex, der zu nichts verpflichtet.
Unbeschwert, sorglos, einfach ein wenig gemeinsame Zeit. So wuchsen sie zusammen, wurden und waren plötzlich ein Paar.
Und sind es bis heute geblieben, nickte sie, während sie ihren Kaffee trank, in guten wie in schlechten Zeiten, wie der Priester es bei ihrer Trauung rezitierte.
Hätte sie geglaubt, dass jener arrogante Kerl, der sie mit dem Mocca nervte, der Mann sein würde, dem sie ihr Jawort gab? Natürlich nicht. Sie hätte nur laut aufgelacht und den Kopf geschüttelt. Ein Flirt, nichts weiter. Ein paar unbeschwerte Wochen, auf mehr stellte sie sich nicht ein.

Vielleicht wäre es auch nicht mehr geworden, wäre es wegen Josef zwischen Manuela und ihr nicht zu einem fürchterlichen Streit gekommen. Bis zum heutigen Tag wusste sie nicht, wie es dazu kommen konnte, auch wenn sie sich noch an jedes einzelne Wort erinnerte.
Er sei nicht gut genug für sie, meinte Manuela eines Abends, er sei nur ein Arbeiter, der sie nicht verstehen könne, sie habe etwas Besseres verdient.
„Und was bin ich?“, entgegnete sie. „Auch nur ein Küchenmädchen, dem ihr großherzig ein paar Bücher zum Lesen gegeben habt, damit ihr euch besser fühlt. Du hast leicht reden. Ein paar Monate noch, und du bekommst deinen Magister, dann wirst du zum Unterrichten anfangen und dich mehr und mehr in deinen

Kreisen bewegen. Dann wirst du einen Kollegen kennenlernen, ihn heiraten und ein paar Kinder kriegen. Auf wen soll ich denn warten? Wer wartet denn auf mich, ein Küchenmädchen? Josef hat mich gern! Josef versteht mich. Er weiß, was es bedeutet, für die Miete und die nächste Stromrechnung Geld auf die Seite legen zu müssen."

Die Worte brachen urplötzlich aus ihr heraus, gewaltig, fürchterlich. Sie fühlte sich klein, verletzt, missachtet; Manuela, die stets wie eine Schwester für sie gewesen war, auf sie bündelte sie all die unterdrückte Wut, den Neid, die Kränkungen, die ihr widerfahren waren. Es war nicht gerecht, ihr allen Schmerz, den das Leben ihr bereitet hatte, an den Kopf zu werfen, doch sie konnte nicht anders. Es musste raus, alles, endlich und endgültig, nur dann konnte sie *frei sein, wenn es nichts mehr zu verlieren gab*!

Manuela starrte sie entgeistert an; schwieg, versuchte, zwei-, dreimal einzuhaken, doch sie ließ sich nicht unterbrechen.

„Bist du jetzt fertig?", fragte sie irgendwann, als sie erschöpft und verstummt vor ihr saß.

Dann stand sie auf, zögerte, versuchte ein „Weißt du …", schüttelte den Kopf und ging.

Und sie blieb zurück, allein, verlassen; hatte alles zerstört, was ihr teuer und wichtig war. Wofür?

Für den Mann, den ich liebe, wollte sie sagen, für den Mann, dessen Gegenwart ich nicht mehr ertrage, für den Mann, für den ich Nacht für Nacht ein Messer in der Hand halte.

Sie wusste nicht, was über sie gekommen war. Sie wusste nur, dass es niemandem, selbst Manuela nicht zustand zu beurteilen, welcher Mann gut genug für sie war. Dass niemand das Recht hatte, ihr Leben für sie zu entscheiden.

Sie fühlte sich elend, als sie in ihrem Bett lag, leer; reagierte nicht einmal, als Josef vor ihrer Tür stand.
Hätte Manuela nur zurückgeschrien, sich gewehrt, ihr ebenfalls furchtbare Dinge an den Kopf geworfen!
So aber? Wie sollte sie nur morgen Manuelas Eltern gegenübertreten, arbeiten gehen? Sie würde kündigen! Sie würde fortgehen und ihre Wohnung aufgeben, zu ihren Eltern zurückkehren. Was blieb ihr anderes übrig? Sie würden, sie mussten sie doch einfach aufnehmen! Bevor sie auf der Straße landete? Bevor ihr nichts anderes übrigblieb als bei Josef einzuziehen, den sie doch kaum kannte.

Sie zitterte, als sie in die Küche trat. Manuela würde ihren Eltern alles erzählt haben. Sie würde eintreten und sie würden ihr ohne ein weiteres Wort die Kündigung überreichen.
„Ah, Maria, da bist du ja!“, sagte die Chefin in einem Ton, der viel zu freundlich war.
„Ich habe schon auf dich gewartet. Manuela musste fort. Irgendein wichtiges Seminar an der Uni, das sie komplett übersehen hat. Ich sage dir, manchmal frage ich mich, wo das Kind nur seinen Kopf hat.

Jedenfalls kommt sie erst in gut einer Woche wieder und somit müssen wir beide die ganzen Vorbereitungen für die Achtziger-Feier von Frau Eder jetzt allein bewältigen. Also los, was stehst du noch herum? Oder hast du auch irgendeinen wichtigen Termin vergessen?“

Sie hatte nichts gesagt. Manuela hatte ihr die Treue gehalten! Sie hatte ihre Eltern belogen und war nach Wien gefahren, hatte so getan, als ob sie unzuverlässig wäre, nur damit sie, Maria, nicht in Verlegenheit kam, nur damit sie nicht gehen und ihr ganzes Leben wegwerfen musste.

Sie fühlte sich schlecht, sie musste etwas sagen.

„Ich glaube nicht, dass Manuela ein Seminar hat“, begann sie, „ich glaube, ich bin der Grund, warum sie gefahren ist.“

„Was redest du da, Maria?“

Verwundert sah ihre Chefin sie an.

„Wir sind gestern Abend fürchterlich zusammengekracht. Es begann wegen Josef, also wegen dem Arbeiter, mit dem ich mich seit kurzem treffe. Manuela meinte, er sei nichts für mich – und ich, ich weiß auch nicht, was plötzlich über mich kam.

Ich habe die furchtbarsten Sachen zu ihr gesagt, einfach weil, na ja, vermutlich weil ich sie so gernhabe und ich deshalb so gekränkt war, weil sie ihn nicht mag.

Das klingt jetzt völlig bescheuert, ich weiß, aber …

Jedenfalls hat sie nichts erwidert. Vermutlich war sie völlig vor den Kopf gestoßen und ist dann einfach gegangen. Und ich bin schuld daran, dass sie gefahren ist und dass sie Sie angelogen hat! Auf mich müssen Sie wütend sein, nicht auf Manuela!

Wenn Sie wollen, dann helfe ich Ihnen noch mit der Geburtstagsfeier, und dann kündige ich!“

So, sie hatte es gesagt.

Sie stand da wie ein Häufchen Elend und redete Unsinn! Nein, keinen Unsinn, auch wenn es danach klang, sondern die reine Wahrheit! Wirf mich doch raus, wollte sie schreien, ich verdiene euer Wohlwollen nicht!

„So, jetzt ist es aber genug. Denkst du, ich lasse dich so einfach gehen, nur weil du und Manuela einen Streit hattet? Sicher nicht, du bist die beste Kraft, die ich je hatte. Von mir aus könnt ihr streiten, so viel ihr wollt, solange die Arbeit nicht darunter leidet.

Wenn sie zurück ist, dann setzt ihr euch zusammen, und fertig! So weit kommt's noch! Kündigen! Was soll ich denn nur ohne dich machen?

Und jetzt schau zu, dass die gekochten Erdäpfel endlich geschält werden, sonst werden die Mohnnudeln bis heute Mittag nicht mehr fertig.“

„Es tut mir leid“, sagte sie zu Manuela, kaum dass diese ein paar Tage später aus dem Auto gestiegen war.

„Ich wollte dich anrufen, dir schreiben, aber ich wusste nicht, was ich hätte sagen sollen. Ich weiß es auch jetzt noch nicht. Ich weiß nicht, was in mich gefahren ist, ich …“

„Schon gut, Maria. Ich weiß, dass es dir leidtut. Und mir tut leid, was ich dich alles in den letzten Tagen genannt

habe, wenn ich an dich dachte.
Glaube mir, wir sind quitt.
Daher Schwamm drüber, oder? Ohne viel Gerede, ohne es jetzt ewig auszudiskutieren. Wir sind wie Schwestern, beste Freundinnen, wir gehören zusammen. Ersparen wir uns den ganzen Quatsch, einverstanden?"
Sie lächelten sich an. Wie hatten sie einander jemals wehtun können?
„Einverstanden, völlig einverstanden, o ja!"
Sie fielen einander in die Arme.
„Eine einzige Frage nur, Maria: Ist Josef es wert?"
Damit hatte sie gerechnet.
„Er ist es, ja. Als ich ihm erzählte, was vorgefallen war, meinte er, er möchte nicht zwischen mir und meiner besten Freundin stehen."
„Das ist zwar löblich von ihm, aber ich meinte eigentlich, ist er es wert im Bett?"
Da war es wieder, das schelmische Augenzwinkern, das bedeutete, dass alles wieder vergessen und in bester Ordnung war.

XII

Dann ging alles ganz schnell.
Ihre Eltern zeigten sich erfreut, dass Josef einer der ihren und kein studierter Wichtigtuer war. Einer, der schwitzen musste bei der Arbeit, um sein Geld zu verdienen.
„Hast du dich doch endlich zurückbesonnen, wo du herkommst und wo du hingehörst. Zeit wird's! Wir sind nicht für die große Welt gemacht, Maria! Wir sind das Fußvolk, diejenigen, die anpacken und hackeln müssen. Josef hat das längst kapiert, wenn du mich fragst. Er greift nicht nach den Sternen und nach der Welt der Bücher und Museen. Er ist zufrieden, wenn er nach einem harten Tag nach Hause kommt und seine Frau, seine Kinder und ein gutes Essen auf ihn warten.
Nimm dir ein Beispiel an ihm! Sei ihm eine gute Frau und vergiss nicht, dass der Mann immer das letzte Wort hat!"
Sie schwieg dazu. Was sollte sie zu derartigen Ratschlägen ihrer Eltern auch sagen? Hauptsache sie waren glücklich. Hauptsache sie waren wieder mit ihr versöhnt.
Und Josef amüsierte sich.
„Da hörst du es, Weib! Ich habe das Sagen!", lachte er, als sie ihm von den Ermahnungen ihrer Mutter erzählte.
„Ich muss schon sagen, deine Mutter gefällt mir."
Ja, ihre Eltern und er hatten sich immer gut verstanden, auch heute noch. Was sie manchmal störte, wenn sie ehrlich war. Weil sie sich fremd und ausgeschlossen

fühlte, weil sie alle damit zufrieden waren, sich abends von irgendeinem Krimi im Fernsehen berieseln zu lassen und dann zu Bett zu gehen, vielleicht noch ein paar Seiten in irgendeiner Sportzeitschrift blätterten. War das alles, was das Leben ihnen bot, was sie sich vom Leben erwarteten? Perspektivenlos, karg, ja, da war es wieder, ein weiteres karges Leben.

Das erstickte sie! Das konnte sie immer weniger ertragen. Vielleicht hatte Manuela recht, dass sie Josef nicht auf Dauer ertragen würde. Aber immerhin, mehr als zwanzig Jahre war es gut gegangen; nicht gerade immer gut, aber es hatte funktioniert. Sie waren immer noch zusammen. Und sie wusste, dass er sie immer noch aufrichtig liebte.

Sie blickte auf ihr Hochzeitsfoto, das auf der Kommode im Schlafzimmer stand. Gott, wie jung wir damals waren! Ihr Vater hatte sie zum Altar geführt in ihrem weißen Kleid, auf das ihre Schwiegermutter bestanden hatte und das ihr, wenn sie ehrlich war, sogar gefallen hatte. Manuela war als Trauzeugin an ihrer Seite gestanden.

Dieses Ja, das sie zu ihm gesagt hatte, vor dem Pfarrer, vor ihren Eltern und Geschwistern – sogar Thomas, erinnerte sie sich, war gekommen, hatte sich sogar extra einen schicken Smoking irgendwo ausgeliehen und ihr ins Ohr geflüstert, als er sie umarmte: „Wenn du glücklich bist, Maria, dann bin ich es mit dir!“ – und vor ihren wenigen Freunden, sie sagte es, weil sie daran glaubte. An ihn, an sie beide, an die Zeit, die vor ihnen lag.

Vielleicht wenn wir Kinder bekommen hätten, ja, viel-

leicht dann … Aber es brachte nichts, darüber nachzudenken. Sie hatten alles probiert, hatten sogar einmal in Reitstiefeln, die sie sich ausgeborgt hatten, miteinander geschlafen. Lächerlich waren sie sich beide vorgekommen, wie sie voreinander standen, nackt, nur die Beine in den schwarzen Lederstiefeln.
„Was das nur bringen soll?“, hatte Josef angemerkt, dessen Penis sichtlich bemüht war, seinen Mann zu stehen.
„Lass mich nur“, hatte sie geflüstert, „lass mich nur machen. Wenn die Vernunft versiegt, entfaltet der Aberglaube seine Allmacht!“
„Was für Sachen du manchmal sagst …“
Es hatte nichts gebracht. Nichts hatte je irgendetwas gebracht. Sie blieben ein kinderloses Paar.

Während ihre Geschwister und Freundinnen ringsum ihre Kinder zur Welt brachten, zu Taufen und Kindergeburtstagen einluden, vom ersten Wort, von den ersten Schritten und vom ersten Schultag erzählten, Fotos herumgereicht und bewundert wurden, blieben sie allein, zu zweit. Redeten sich ein, dass sie noch Zeit hatten, dass sie erst einmal das Haus fertig gebaut und eingerichtet haben müssten; das Nest sollte gerichtet sein, ehe der Nachwuchs kam.
Zumindest haben wir noch Zeit füreinander, zumindest können wir noch abends ins Kino gehen, wenn wir wollen, ohne zuerst lange einen Babysitter organisieren zu müssen, wir sind noch frei und spontan. Wir haben noch etwas von unserem Leben! Mit all diesen Worten

versuchten sie sich zu trösten und sich schönzureden, was sie innerlich zerfraß; wir stehen das durch, wir schaffen das!
Die geteilte Not zwang sie in die Knie und schweißte sie zusammen, machte sie stark, füreinander. Sie hatten gelernt, ihr Schicksal zu ertragen, zumindest taten sie so, als glaubten sie das. Wenn der Schmerz in ihr in der Nacht zu groß war, wenn die unbändige Wut neuerlich aus ihr hervorbrach, wenn sie schluchzte und schrie, weil sie keine Worte mehr fand, dann hielt Josef sie fest in seinen starken Armen, tröstete sie durch seine Gegenwart und schlug ihr das Messer, zu dem sie einmal gegriffen hatte, aus der Hand.
Wo bist du heute, wollte sie ihn fragen, während er schlafend vor ihr im Bett lag. Warum wachst du nicht auf? Warum merkst du nicht, dass ich dich noch immer brauche?

Wann hatte es begonnen, dass sie einander verloren?
Als sie sich endlich eingestehen mussten, dass sie keine Kinder bekommen würden, was auch immer sie versuchten, und dass sie ihr Leben, das all die Jahre auf ihren Wunsch nach Kindern, auf ihren Wunsch, Eltern zu sein, endlich auch erleben zu dürfen, was für alle anderen selbstverständlich war, ausgerichtet war, neu überdenken, von Grund auf neu entwerfen mussten? Oder als er durch jenen unglückseligen Unfall wegen der Unachtsamkeit eines Kollegen sein rechtes Bein für Wochen nicht bewegen durfte und deshalb letztendlich

seinen gut bezahlten Job bei der Straße verlor und in der verhassten Fabrik anfangen musste, einen niedrigen Lohn für eine frustrierende Arbeit akzeptieren musste? Als er erleben musste, dass das Recht nicht auf der Seite der Geschädigten, sondern auf der Seite der Stärkeren stand? Und als sie sich gezwungen sah, neben ihrer Anstellung bei den Klingers noch zusätzliche Arbeiten anzunehmen, um das Geld auszugleichen, das er nun weniger nach Hause brachte? Was ihn kränkte, was seinen Stolz zusätzlich brach?

Sie würden es gemeinsam durchstehen, beteuerten sie sich, sie liebten einander, sie waren füreinander da. Und es machte ihr ja nichts aus, noch ein paar Stunden bei den Haiders und noch einen Nachmittag bei den Sterns anzunehmen, Arbeiten war sie ja von klein auf gewohnt, Arbeiten machte ihr Freude und half ihrem Mann; den ganzen Tag zu arbeiten und abends erschöpft heimzukommen machte ihren Kopf frei, keine Zeit, über das Leben, über das, was ihr im Leben fehlte, über das, was ihr im Laufe ihres Lebens abhandengekommen war, nachzudenken. Wo waren sie, ihre Träume von Pearl? Die gemeinsamen Stunden mit Manuela und den anderen, der Vorsatz, eines Tages zu studieren, der Wunsch, wieder einmal ein Konzert oder ein Museum zu besuchen? Morgen, ja, morgen vielleicht, oder besser nächste Woche oder nächsten Monat, da kann ich es mir leichter einrichten. Die Stimme war nicht fort, die lästige Stimme in ihrem Herzen, die fragte, wo willst du eigentlich hin in deinem Leben? Sie meldete sich, wenn sie auf der Toilette

in einer ihrer Kunstzeitschriften, die sie noch immer abonnierte, blätterte oder wenn sie zu *Work me, Lord* den Staubsauger schwang. Sie war nicht fort, nein, und sie konnte und wollte sie auch nicht ignorieren. Es war nur schwer geworden, ihr noch zu vertrauen, ihr noch einen Funken Glauben zu schenken, wenn Josef Abend für Abend völlig frustriert nach Hause kam und sie bat, sie möge die Musik abdrehen, er habe vom Lärm und von der schlechten Luft in der Fabrik derart Kopfweh, dass er nicht einmal den leisesten Ton mehr ertragen könne. All das stimmte. All das trug zu der langsamen, aber stetigen Erschütterung ihrer Beziehung bei, sickerte langsam in ihre Liebe wie Wasser, das aus einem Leck in der Leitung austritt und das Fundament untergräbt, unbemerkt, bis plötzlich scheinbar aus dem Nichts ihr Haus, ihr gemeinsames Leben, zusammenbricht und in sich versinkt.
Sie hatten sich entfremdet, voneinander entlebt, ohne dass sie es bemerkten. Als dann Moritz verschwand, war nichts mehr da, was sie zusammenhielt.

XIII

Die Katzen waren ihr Wunsch gewesen.
Da sie auf einem Bauernhof aufgewachsen und mit Tieren groß geworden war, konnte sie sich nicht vorstellen, ohne Haustiere zu leben. Doch ihre Wohnung bot zu wenig Platz, und Zeit fand sie neben ihrer Arbeit in den ersten Jahren auch nicht. Wie hätte sie sich da auch noch um einen Hund oder eine Katze kümmern sollen? Ein Vogel, ein Hamster, ein Meerschweinchen oder ein Hase vielleicht, aber sie lehnte es ab, Tiere in einem Käfig zu halten. Sie waren Lebewesen und sie gestand ihnen dasselbe Recht auf Freiheit zu, das sie auch für sich selbst stets eingefordert hatte. Nein, wenn sie einmal Tiere haben würde, schwor sie sich, dann sollten sie zumindest einen Garten zum Herumtollen haben.
So blieb sie allein in ihrer Wohnung, sparte und legte ihr Geld auf die Seite, für eine schönere Zeit, wie sie sich sagte, und träumte von Pferden, Hunden, Hühnern und Schafen.
Dann lernte sie Josef kennen und sie mussten zusammenlegen, um sich, wenn schon nicht den Hof auf dem Land mit etlichen Wiesen und einem großen Stall, um alle ihre erträumten Tiere unterzubringen, zumindest ein eigenes Haus mit einem kleinen Garten erfüllen zu können. Auf Kredit natürlich, denn das wenige Geld, das sie beide angespart hatten, reichte kaum für den Baugrund, aber sie waren jung und scheuten keine

Arbeit, sodass sie die monatlichen Raten ohne große Mühen abzahlen konnten. Für Tiere aber blieb wieder keine Zeit.
Und dann folgte das jahrelange Hoffen auf ein Kind.
„Wenn ich schon keine Kinder haben kann“, platzte es irgendwann aus ihr heraus, vorwurfsvoll, als wäre es die Schuld von Josef, dass sie keine Kinder bekamen, als würde er nicht genauso wie sie unter ihrer unerfüllten Sehnsucht nach Kindern leiden, „dann will ich jetzt zumindest endlich einmal Haustiere. Ich will auch mein Baby in den Arm nehmen und streicheln können, selbst wenn es nur ein Welpe ist. Erst dann habe ich das Gefühl, dass auch wir eine richtige Familie sind!“
„Ich dachte, das sind wir!“, hatte er entgegnet. „Spätestens seit wir geheiratet haben. Tut mir leid, dass du das anders siehst.“
Da also war er wieder, der Josef, der ihr unterwürfig widersprach, sich stets entschuldigte, des Kämpfens müde war; der Mann, den sie nicht mehr erkannte, der sich so stark verändert hatte.
Den ich verändert habe, fragte sie sich, und wusste, dass das die Wahrheit war. Dieses Wissen aber machte es nicht leichter, half ihr nicht. Es machte sie nur wütend auf sich selbst und auf ihn, weil er so schwach war und weil sie seiner Schwäche so hilflos ausgeliefert war. Das Leben überflutete sie; und sie war dankbar, ihn an ihrer Seite zu haben. Er konnte mit ihr umgehen; er wusste, was zu sagen war.
„Ich habe nichts gegen Tiere. Du weißt, dass ich schon

als Kind einen Hund haben wollte. Aber das war nicht möglich, weil meine Eltern den ganzen Tag in der Arbeit waren; und jetzt ist es dasselbe bei uns. Wir arbeiten auch beide den ganzen Tag. Der Hund wäre arm dran, selbst wenn wir eine Klappe einbauen würden, damit er in den Garten hinauskann, wäre er den ganzen Tag allein."

„Dann Katzen! Was sagst du dazu? Ein Geschwisterpärchen, dann sind sie nicht allein."

„Katzen …?" Er legte seine Stirn in Falten und dachte nach.

Sie wusste, dass er kein Freund von Katzen war. Sie seien launisch und eigensinnig. Ein Hund wäre eine treue Seele, seinem Herrchen stets ergeben. Katzen hingegen …

„Ich weiß, der Hund ist der beste Freund des Menschen. Und ich hätte selbst gern einen, aber wie du ja selbst sagst, er wäre arm dran bei uns, den ganzen Tag allein und eingesperrt.

Katzen hingegen, denen macht es nichts aus, wenn sie allein sind, solange sie ihr Futter und ihr Kisterl haben. Und wir müssten uns auch keine Gedanken wegen dem Gassigehen machen. Sie könnten in den Garten hinaus, wenn wir eine Klappe in der Küchentür einbauen lassen. Und ich hätte, wenn ich nach Hause komme, ein Wesen, das ich streicheln und knuddeln kann …"

Sie sah an seinen Augen, dass sie gewonnen hatte.

Sie spielte nicht fair, ihr unerfüllter Mutterwunsch, ihre Sehnsucht nach Katzen als Ersatzkinder, das waren

Argumente, gegen die er sich nicht wehren konnte, das wusste sie. Doch sie erfüllten ihren Zweck. Er willigte ein.
„Wenn es dir so wichtig ist, dann sollst du deine beiden Katzen haben. Vielleicht ist es sogar schön, wenn sich eine Katze beim Fernsehen auch an mich ankuscheln und schnurren würde, wer weiß.“ Er wünschte sich auch Geborgenheit und Wärme.
Ahnten sie beide, dass sie sich entfremdet, auseinandergelebt hatten? Es klang so. In seiner Stimme war eine Wehmut, die sie nicht an ihm kannte.
„Ich danke dir!“, sagte sie und schlang ihre Arme um seinen Hals. „Glaub mir, es wird nun wieder besser werden.“
Sie spürte, dass sie sich immer noch liebten. Sie hatten nur vergessen, einander diese Liebe auch zu zeigen.
Sie liebte ihn immer noch. Jede Nacht rang sie mit ihrer Liebe zu ihm, wollte ihn aufwecken, anschreien, mit dem Messer in der Hand: „Warum merkst du nicht, dass ich dich brauche? Warum rettest du mich nicht, so wie du es früher getan hast?“
Es wurde leichter, wenn sie spürte, dass sich Mimi an ihre nackten Waden schmiegte. Ich bin da, schienen ihre Augen zu sagen, auch wenn Moritz und Josef uns verlassen haben, ich bin da.
Wer sagt, dass eine Katze nicht treu sein kann?

Drei Wochen später zogen Mimi und Moritz bei ihnen ein. Eine der freilaufenden Katzen ihrer Mutter hatte sie im Erdäpfelkeller zur Welt gebracht, und sie hatte sich schon vor Wochen bei einem ihrer Besuche in die beiden verliebt, in die kohlschwarze, unnahbare Mimi und den frechen, schwarz-weißen Moritz. Das dritte Geschwisterchen war nach der Geburt gestorben, die beiden aber erfreuten sich offenkundig bester Gesundheit, so lebhaft und übermütig, wie sie waren.

„Ihr werdet eure blauen Wunder mit den beiden Rabauken erleben, wenn du mich fragst. Bist du sicher, dass ihr euch das antun wollt?“, fragte ihre Mutter, als sie hörte, dass Josef eingewilligt hatte.

„Ihr hattet noch nie Tiere, und ihr seid den ganzen Tag in der Arbeit. Die beiden können was, das kannst du mir glauben.“

„Ich will sie, ja. Und ich glaube, dass sie auch Josef guttun werden. Wir haben es lange durchdiskutiert. Wir brauchen sie. Es ist keine Frage, ob wir sie wollen oder nicht.“

„Es sind aber trotz allem nur Katzen, Maria, und keine Kinder.“

Ihre Mutter schaute sie an und griff nach ihrer Hand. Manchmal vergaß sie, dass dies die Frau war, die sie geboren und aufgezogen hatte. Blut ist dicker als Wasser, mein Kind, hatte sie früher, wenn sie aneinandergeraten waren, oft gesagt; Maria hatte diesen Spruch gehasst. Sie verstand ihn nun, verstand, dass sie zusammengehörten, verschiedene Leben lebten und dennoch untrennbar miteinander verbunden waren. Die Zeiten, in denen sie miteinander gestritten hatten und sie ihre Herkunft leugnen wollte, waren lang vorbei.

„Ich weiß, Mama."
Mehr gab es nicht zu sagen.
Die beiden Tiere waren anfangs sehr scheu, besonders Mimi, als sie die Transportbox im Gästezimmer öffneten und sie sich vorsichtig in ihr neues Zuhause vortasteten, die Futterschüssel beschnupperten, das Körbchen und das Kisterl, die für sie bereitgestellt waren.
„Das ist nun euer neues Zuhause", flüsterte sie ihnen zu, ganz leise, damit sie nicht über ihre Stimme erschraken. „Wir sind so glücklich, dass wir euch haben!"
Fangen oder gar streicheln ließen sie sich nicht; sie flüchteten unter das Bett oder den Kasten, sobald sie ihnen näher als zwei Meter kam.
„Lass ihnen Zeit", beruhigte Josef sie, umarmte sie von hinten und ließ sein Kinn auf ihrer Schulter ruhen. „Es ist ja alles fremd für sie. Sie werden sich schon an uns gewöhnen. Komm, lassen wir sie allein!"
„Bist du glücklich?", fragte Josef sie, als sie miteinander geschlafen hatten und er verträumt mit ihren Haaren spielte.
„Ja, Schatz, das bin ich. Sehr sogar."
Sie war ihm dankbar, mehr als sie ihm sagen konnte.
„Dann ist es ja gut. Du wirst sehen, in ein paar Tagen fressen dir die Kleinen bereits aus der Hand."
Zumindest Moritz tat es. Er schien sehr rasch zu begreifen, dass er vor jener fremden Frau, die ihm jeden Tag mehrmals die Schüssel mit Fleischstückchen in Gelee auffüllte und dafür sorgte, dass das Kistchen stets sauber war, keine Angst haben musste. Er ließ sich fangen,

herumtragen und streicheln, schnurrte sogar, weil ihr das Freude machte und weil dann noch zusätzlich einige Leckerlis für ihn abfielen.

„Moritz hat dich schon völlig um den Finger gewickelt", bemerkte Josef nach wenigen Tagen lachend. „Aber er ist ja auch ein richtiger Charmeur!"

„Ich weiß, aber was soll ich machen? Sieh dir nur diesen treuherzigen Blick an. Können diese Augen lügen? Ich wünschte nur, Mimi würde auch schon ein wenig Vertrauen zu uns fassen."

„Mimi ist eine Dame. Du weißt ja, wie die sind. Die will umworben und bewundert werden."

Sie ließen die beiden Kätzchen kastrieren, als die Zeit gekommen war. Danach erlaubten sie ihnen auch, draußen im Garten zu spielen, zumindest dann, wenn sie auch selbst zu Hause waren. Abends und über Nacht wurden sie eingesperrt. Sie wollten nichts riskieren. Es gab viele Hunde und ältere und raufsüchtige Katzen und Kater in der Nachbarschaft, die ihr Revier verteidigten; vor allem aber fürchteten sie den Straßenverkehr. Mit ihrem schwarzen Fell würde kein Autofahrer sie rechtzeitig im Dunkeln erkennen. Die Klappe bauten sie erst nach gut einem Jahr ein. Mimi und Moritz hatten bewiesen, dass sie vorsichtig waren und gut auf sich aufpassen konnten.

Es folgten glückliche Jahre, selbst wenn Josef mit seiner Arbeit in der Fabrik zunehmend unzufrieden war, dachte sie wehmütig, als sie das Kissen auf der Wohn-

zimmercouch an sich drückte, an das Moritz sich beim Schlafen so oft angelehnt hatte.
Sie kam nach Hause, und zwei Samtpfoten warteten auf sie; begrüßten sie manchmal stürmisch, wenn sie Hunger hatten, manchmal verschlafen, manchmal lag eine tote Maus oder ein kleiner Vogel als Geschenk für sie vor der Küchentür. Sie seufzte, griff zu Schaufel und Besen und räumte den Kadaver weg, auch wenn die beiden protestierten; sie wusste, dass es keinen Sinn machte, mit ihnen zu schimpfen, sie hatten es gut gemeint. Sie war selbst schuld, wenn sie diese Liebesgaben verschmähte. Die Katzen wurden ihre Kinder und ihr Lebensinhalt. Sie kümmerte sich nicht darum, was Hannah und die anderen sagten. Sie alle hatten sie oft genug mit den Fotos und Erzählungen ihrer Kinder genervt, nun war sie es, die mit den täglichen Katzenfotos und Postings nervte.
Manuela und die Chefin verstanden das.
„Na, was hat Moritz wieder angestellt?", wurde sie gefragt, während sie, wie schon die letzten fünfundzwanzig Jahre, einander gegenüber in der Küche standen und das Gemüse für den Rindsbraten in Wurzelrahmsauce schälten.
„Musstest du wieder Blindschleichen vor ihm retten?"
Das war also ihr einfaches, aber zufriedenes Leben, das sie mit Anfang vierzig erreicht hatte. Das karge, schüchterne Mädchen, das an der Hand seiner Mutter zu Boden geblickt hatte und verlegen dagestanden war, hatte es geschafft.

Sie hatte einen Mann, den sie liebte, zwei Katzen, die ihr Ein und Alles waren, ein eigenes Haus und einen eigenen Garten, eine ehrliche Arbeit, die sie immer noch gern machte, die Klingers und Manuela, ein paar Freunde und Bekannte, ihre Eltern und ihre Geschwister, mit denen sie sich ausgesöhnt hatte. Sie war glücklich. Sie brauchte ihre Träume nicht mehr; Pearl, den Club des Lebens, den Wunsch zu studieren.
So durfte es bleiben, hatte sie gedacht. So blieb es für weitere vier Jahre.

XIV

Es war ein Montag, ihr freier Tag. Mitte März. Der erste schöne Tag. Sie saß im Garten und genoss die ersten Strahlen der Frühlingssonne. Natürlich war noch eine Jacke nötig, aber die Mittagssonne war stark, der lange Winter lag hinter ihr, sie fühlte die Natur erwachen.
Sie saß einfach ruhig da. Josef würde bis abends arbeiten, sie hatte Zeit für sich; Zeit, einfach in der Sonne zu sitzen und es sich gut gehen zu lassen.
Mimi schlief auf der kleinen Steinmauer bei der Rosenrabatte; der Granit heizte sich rasch auf und gab offenbar bereits eine wohlige Wärme ab. Und Moritz? Er schläft sicher irgendwo drinnen, dachte sie, doch dann hörte sie das Geräusch der Katzenklappe. Sie drehte sich um, ein verschlafener Kater blinzelte sie an.
„Na, mein Großer, ausgeschlafen?"
Als Antwort gähnte er und blinzelte sie nochmals an, dann sprang er über den Zaun und war verschwunden.
Er dreht wohl wieder seine übliche Runde, sagte sie sich, der Frühling kommt, er muss sein Revier erkunden. Sie dachte sich nichts dabei; er hatte es schon so oft getan.
Es war das letzte Mal, dass sie ihn sah.

Als Josef abends nach Hause kam und das Körbchen ebenso wie das Bett und die Couch leer vorfand, fragte er mehr aus Gewohnheit denn aus Sorge nach den beiden.
„Mimi ist draußen im Garten", antwortete sie, „aber

Moritz ist schon den ganzen Nachmittag unterwegs." Eine leichte Beklemmung klang mit in ihrer Stimme, nicht mehr. Sie war nicht wirklich verängstigt, nein, es war nur … Ihr Gefühl sagte ihr, dass irgendetwas anders war.
„Du kennst ihn ja", tröstete Josef sie, während er sie in die Arme nahm und an sich drückte. Er spürte, dass sie beunruhigt war.
„Er ist ein Kater! Und heute ist der erste schöne Tag! Er strawanzt wieder irgendwo herum und verliert jedes Zeitgefühl dabei. Das hat er ja schon öfters gemacht. Manchmal frage ich mich, ob der Tierarzt ihn wirklich kastriert hat. Die Hoden sind zwar weg, aber vielleicht sind sie einfach nach innen gewandert.
Du wirst sehen, wenn es dunkel wird, steht er plötzlich da und beschwert sich lautstark, weil er Hunger hat."
Er hatte recht, natürlich hatte er das. Moritz war auch schon ein, zwei Tage fortgeblieben und immer noch gesund und munter nach Hause zurückgekehrt. Es gab keinen Grund, sich Sorgen zu machen. Im Grunde ärgerte sie sich sogar über ihn, weil er, kaum wurde es wärmer, gleich wieder mit dem Herumtreiben begann. Er wusste doch, dass sie sich Sorgen um ihn machte. Nein, wusste er nicht, er war ja nur ein Kater!

Moritz tauchte nicht auf, weder in der Nacht noch am nächsten Morgen.
Sie hatte schlecht geschlafen. Mehrfach war sie hochgeschreckt und hatte gemeint, er sei nach Hause gekommen, hatte Geräusche gehört und war aufgestanden,

doch es war nur Mimi gewesen, die durch den Gang geschlichen oder aufs Kisterl gegangen war.
Nur Mimi, schalt sie sich, das ist nicht fair! Es war Mimi! Punkt! Und sie sollte froh sein, dass zumindest eine ihrer beiden Katzen ans Haus gebunden war und ihr keinen Kummer bereitete.
„Komm her“, flüsterte sie und hob sie hoch. Sie schmiegte sich an ihre Brust und ließ sich streicheln, begann zu schnurren, was selten bei ihr war.
„Wo ist dein Bruder, hm? Kannst du mir das sagen? Wo treibt er sich nur wieder herum? Machst du dir auch Sorgen oder bist du froh, einmal deine Ruhe zu haben? Du könntest ihn ja suchen und ihm sagen, dass er heimkommen soll. Was hältst du davon, hm?“
Als Antwort blinzelte Mimi sie nur an, sträubte sich, um ihr zu zeigen, dass sie runtergelassen werden wollte, sprang auf die gepolsterte Sitzbank im Vorraum und begann sich zu putzen. Ihre Art, „Gute Nacht! Ich will jetzt schlafen!“ zu sagen.

„Er ist nicht aufgetaucht, oder?“, sagte Josef, als er morgens zu ihr ins Badezimmer trat. Es war eine Feststellung, keine Frage.
„Nein.“
Was sollte sie anderes sagen?
„Ich weiß. Ich habe auch schlecht geschlafen und ein paarmal nachgeschaut.“
Er zögerte.
„Du wirst schon sehen, heute taucht er sicher irgend-

wann auf. Er kommt nach Hause, während wir in der Arbeit sind, und beschwert sich furchtbar, dass niemand auf ihn wartet.

Glaube mir, wenn wir heute am Abend nach Hause kommen, liegt er friedlich und erschöpft in seinem Körbchen."

„Hoffentlich."

Sie wollte ihm so gerne glauben. Und er hatte ja vermutlich recht.

Ein dumpfes Gefühl in ihrem Magen aber mahnte sie, dass Moritz endgültig verschwunden war. Sie ignorierte es, sie wollte es nicht glauben.

„Und was, wenn nicht?"

Da, sie hatte es gesagt.

„Dann gehen wir ihn abends suchen, versprochen. Ungefähr wissen wir ja, wo er sich herumtreibt."

Er nahm sie nochmals in die Arme.

„Es wird schon alles gut werden, du wirst sehen. Gut, dass du jetzt arbeiten gehst. So bist du wenigstens abgelenkt und hast keine Zeit, dir den ganzen Tag den Kopf zu zermartern."

Damit hatte er selbstverständlich recht.

Sie erzählte ihrer Chefin, dass Moritz nicht nach Hause gekommen war. Sie konnte gar nicht anders.

„Das tut mir leid für euch, Maria. Ich weiß ja, wie sehr du an den beiden hängst."

Sie fühlte sich wieder wie das kleine schüchterne Mädchen, nur dass diesmal Frau Klinger als warmherzige und einfühlsame Mutter zu ihr sprach. Nicht zum ersten

Mal in den vielen gemeinsamen Jahren. Es störte sie nicht, im Gegenteil, es stärkte sie, schwach sein zu dürfen.
„Diese Tiere ahnen ja gar nicht, was sie uns antun, wenn sie sich tagelang irgendwo herumtreiben. Ich weiß noch, als unser Minki verschwunden ist … Aber nein, davon will ich jetzt gar nicht reden. Ich will dich nicht noch mehr beunruhigen.
Ich wünsche dir so sehr, dass er bald wieder auftaucht. Du weißt, wenn ich etwas für dich tun kann ..."
Das wusste sie; und dafür war sie dankbar. Doch das eine, was sie sich so sehr ersehnte, das konnte ihr auch ihre Chefin nicht geben. Wenn ihm nur nichts passiert ist. Wenn er nur endlich wieder heimkommt, dorthin zurückkommt, wo er hingehört.

Als sie am Abend die Eingangstür aufsperrte und die noch vom Morgen volle Futterschüssel sah, ins Wohnzimmer ging und auf den leeren Platz auf der Couch blickte, wo er üblicherweise lag, wusste sie, dass sie sich nichts mehr einzureden brauchte. Sie spürte, dass er diesmal nicht nach Hause kommen würde. Diesmal war es anders, endgültig. So wie sie es von Anfang an gespürt hatte. Sie setzte sich und drückte das Schmusekissen, das Manuela ihr einmal geschenkt hatte, fest an sich. Die Tränen kamen. Stumm rannen die Tränen über ihr Gesicht. So fand sie Josef, als er nach Hause kam. Er war der einzige Mensch, vor dem sie sich nicht schämte, wenn sie weinte. Er brauchte nichts zu fragen. Er nahm sie einfach in seine Arme, hielt sie, war da.

Mimi schmiegte sich an sie, schnurrte, blickte sie weise und verständnisvoll an.
Ich bin immer noch da, schienen ihre Augen zu sagen; und sie hatte recht.
Sie stand auf, trocknete ihre Tränen, hob Mimi hoch und trug sie in die Küche, wusch ihre Schüssel aus und gab ihr frisches Futter. Die Schüssel von Moritz stand noch immer unberührt. Mimi hatte nicht einen Bissen davon gekostet.
„Lass uns eine Runde gehen und ihn suchen", sagte Josef zu ihr, während sie Mimi beim Fressen beobachteten, „vielleicht hört er uns ja, wenn wir ihn rufen. Vielleicht ist er irgendwo bei einer Zweitfamilie und hat es sich gemütlich gemacht."
„Denkst du, das bringt was?", fragte sie, und in ihrer Stimme lag eine leise, tiefe Leere.
„Es bringt jedenfalls mehr als hier herumzusitzen und uns fertigzumachen, glaubst du nicht? Ich bin mir sicher, dass es ihm gut geht."
So gingen sie ihn suchen, nahmen die Dose mit den Leckerlis mit, raschelten damit, riefen seinen Namen, blickten über jede Hecke und über jeden Gartenzaun, raschelten, riefen immer und immer wieder seinen Namen. Vergebens. Er zeigte sich nicht.
Sie saßen gemeinsam am Tisch, sprachen kaum ein Wort, aßen kaum einen Bissen.
„Morgen", meinte Josef wenig zuversichtlich, „du wirst sehen, morgen taucht er auf!"
Sie hätte ihm so gerne geglaubt.
Auch in dieser Nacht konnte sie nicht schlafen. Bei

jedem Geräusch, das das Haus machte, jedes Mal wenn sie Mimi durch das Haus schleichen hörte, schreckte sie hoch und flüsterte: „Moritz?“
Als der Wecker läutete, waren sein Körbchen und sein Platz auf der Couch immer noch leer.
„Hängt ein paar Zettel auf“, riet ihre Chefin ihr.
„Du weißt schon, mit Foto und Namen, mit eurer Handynummer. Irgendjemand hat ihn sicher gesehen. Mit seiner Fellzeichnung und mit seinen weißen Stiefelchen fällt er ja auf. Er ist ja ein so hübscher Kater!“
Auch Josef und sie hatten schon darüber gesprochen. Aber sie hatte Angst, Angst vor der Gewissheit, die sie vielleicht erwartete.
„Lass uns noch einen Tag warten“, bat sie ihn, „einen Tag noch, dann drucken wir ein paar Zettel aus.“
„Wie du willst“, erwiderte er nur, „immerhin ist es dein Kater.“
Er hatte sich sicher nichts dabei gedacht, als er das sagte; das wusste sie. Dennoch versetzten ihr diese Worte einen Stich. Dein Kater. Nicht mehr unser Kater. Sie gehörten nicht mehr zusammen, waren einander bereits fremd.

Sie hatten die Zettel noch keine Stunde aufgehängt, als sie die ersten Anrufe bekamen.
So eine Katze habe man gesehen, erst gestern sei sie ganz in der Nähe, nur ein paar Straßen weiter, herumgelaufen. Sicher? Natürlich sei man sich sicher.
Und die Hoffnung war wieder da; und wurde mit dem nächsten Anruf wieder zunichtegemacht.

So einen Kater habe man gesehen, am Montag schon, aber leider überfahren. Er sei am Straßenrand gelegen. Ja, das sei er sicher gewesen, leider. Wann am Montag? Gleich in der Früh. Da habe er noch gelebt? Na ja, es könne auch später oder auch Dienstag gewesen sein.
Nach dem zehnten Anrufer bat sie Josef, er möge abheben, sie habe keine Kraft mehr.
Die einen schworen, dass sie ihn vor wenigen Stunden noch quietschvergnügt herumlaufen gesehen hätten und er sicher jeden Augenblick nach Hause kommen werde, die anderen beteuerten ebenso felsenfest, eine schwarz-weiße Katze überfahren am Rand einer stark frequentierten Straße in unmittelbarer Nähe zu ihnen liegen gesehen zu haben.
Sie konnte sie nicht mehr hören, weder die Mitleid heuchelnden Worte noch die Zusprüche, es werde schon alles gut werden. Sie wollte nur eines: ihren Kater! Oder zumindest Gewissheit! Gewissheit, was mit ihm geschehen war.

Sie saß im Wohnzimmer und starrte vor sich hin. Der Fernseher war eingeschaltet, doch sie nahm nichts von der Sendung, die gerade lief, wahr.
Josef trat an sie heran. Sein Gesicht, sie konnte es nicht deuten.
„Schau kurz her, Maria. Da ist jemand, der uns was zu sagen hat."
Sie richtete sich auf und folgte ihm.
Im Gang stand Tobias, ein flüchtiger Bekannter von

ihnen, der ein paar Häuser weiter wohnte. Sie grüßte ihn. Er nickte zurück, nahm seine Kappe ab, drehte sie verlegen in seiner Hand.
„Grüß dich, Maria! Ich … Wie ich schon Josef sagte, ich wusste nicht, dass es euer Kater war.
Ich habe vorher die Zettel gesehen, die ihr aufgehängt habt. Wie du weißt, arbeite ich bei der Gemeinde und da müssen wir auch die überfahrenen Hasen und Rehe von der Straße einsammeln. Die Katzen auch. Die kommen dann alle in den Container für die Tierkadaver. Jedenfalls, Dienstagfrüh sind wir unsere Runde gefahren und auf der Schlossstraße, du weißt schon, dort, wo immer so viel Verkehr ist, ist eine überfahrene schwarz-weiße Katze gelegen. Ich habe sie eingesammelt und entsorgt. So wie wir das eben immer machen. Ich wusste ja nicht, dass das euer Kater war.
Jedenfalls, als ich das Foto auf den Zetteln sah und euren Namen las, da dachte ich, ich komme gleich bei euch vorbei und sag es euch. Damit ihr zumindest wisst, was mit ihm passiert ist."
„Und du bist dir sicher?"
„Ja."
Josef legte seine Arme um sie. Sie ließ es geschehen.
„Ich habe ihm ein paar Fotos von Moritz am Handy gezeigt. Er hat ihn eindeutig identifiziert."
„Es ist sicher schnell gegangen, Maria. So wie er verletzt war, musste er sicher nicht leiden. Das wollte ich dir nur sagen."
„Kann ich ihn sehen?"

Die beiden Männer blickten sie an.
„Was meinst du damit, Maria?“
„Ob ich ihn sehen kann. So wie ich es sagte. Du hast gesagt, Tobias, dass du ihn in den Container mit den Tierkadavern geworfen hast. Kannst du mich hinbringen? Ich will ihn mit meinen eigenen Augen sehen. Ich will nicht, dass er im Container bleibt und entsorgt wird. Ich will ihn hier bei uns im Garten begraben.“
„Maria!“, Josef legte seine Hände auf ihre Wangen.
„Tobias hat mir gesagt, dass er schwer verletzt war. Deshalb ist er sich auch sicher, dass er sofort tot war. Willst du dir das antun? Lass ihn uns so in Erinnerung behalten, wie er war.“
„Ich will ihn sehen“, beharrte sie.
„Es tut mir leid, Maria, aber das geht nicht. Der Container wird jeden Mittwoch und jeden Freitag abgeholt und entleert. Selbst wenn ich wollte, er ist nicht mehr da.“
„Aber du bist dir sicher, dass es Moritz war.“
Es war eigentlich keine Frage mehr, nur noch eine Feststellung.
„Ja.“
Er zögerte nicht, wiederholte es noch einmal.
„Ja.“
„Danke, Tobias. Danke, dass du extra vorbeigekommen bist, um es uns zu sagen.“
Sie reichte ihm die Hand, drehte sich um und ging zurück ins Wohnzimmer, ohne auf das, was die beiden Männer noch miteinander redeten, zu achten.
Da hatte sie sie, ihre verfluchte, so herbeigesehnte

Gewissheit!
Moritz war tot. Die ganze Montagnacht über war er nur wenige Meter von ihnen entfernt überfahren und verletzt am Straßenrand gelegen. Sie hätte nur ein paar Schritte gehen müssen, nur eine kleine Runde, und er würde jetzt nicht mit hunderten anderen Hunden, Katzen und Hasen in irgendeiner Kadaververwertungsanlage liegen, sondern hier bei ihr in ihrem Garten sein. Sie hätte ihn noch einmal gesehen, sich selbst überzeugen und ihn begraben können; ihm eine schöne Stelle bei den Rosen aussuchen können, wo sie ihn besuchen und mit ihm hätte reden können.
So aber …?
Als Josef zu ihr ins Wohnzimmer kam, sich ihr gegenüber hinsetzte und den Mund aufmachte, schnitt sie ihm das Wort ab.
„Sag bitte nichts. Nicht jetzt. Lass uns – einfach nichts sagen."
Er nickte, stand wieder auf, blickte sie an.
Sie spürte, wie er kurz ihre Hand nahm.

In der Nacht erwachte sie und hörte Josef neben sich weinen.
„Es tut so weh!", schluchzte er, während sie ihre Arme um ihn legte.
„Es tut so verdammt weh!"
Noch nie hatte sie ihn weinen gesehen und nun, wo er neben ihr lag, schluchzend wie ein kleines Kind, gab es nichts, was sie ihm hätte sagen oder geben können. Sie

lag einfach da, stumm, hielt ihn in ihren Armen und wartete auf ihre eigenen Tränen.

Manuela und die Chefin fielen ihr um den Hals.
„Wir haben es schon gehört, Maria. Es tut uns so leid. Wenn wir etwas für dich tun können, wenn du dir ein paar Tage frei nehmen willst …?“
Sie wollte nicht. Sie wollte arbeiten und ihren Alltag, ihre vertraute Routine haben. Ein paar Stunden abgelenkt sein, etwas zu tun haben, anstatt zu Hause zu sitzen und auf die leere Couch zu starren.
Auch ihre Mutter und ihre Schwestern riefen sie an, kamen auf Besuch vorbei und bedauerten sie. Sie alle waren für sie da, spendeten Trost und versicherten ihr, es würde schon wieder werden.
Doch das wurde es nicht. Das Haus war immer noch leer. Mimi schlich herum, zeigte sich scheu und verängstigt, fraß wenig, suchte nach Moritz. Nur selten ließ sie sich hochheben und streicheln, wie anfangs, als sie die beiden als kleine Kätzchen bekommen hatten.
„Er kommt nicht mehr“, flüsterte sie ihr zu. „Er ist fort, er ist für immer gegangen. Ich habe immer gewollt, dass ihr frei seid und herumlaufen dürft. Diese Freiheit hat ihn letztendlich umgebracht. Doch was hätte ich machen sollen? Euch einsperren? Nur im Haus halten? Hätte euch das glücklich gemacht?“
Große, dunkle Augen blickten sie an.
Freiheit ist nur ein anderes Wort dafür, nichts mehr zu verlieren zu haben, erinnerte sie sich, doch das stimmte nicht.

Erst die Freiheit hatte sie um alles gebracht.

Moritz hinterließ eine Leere in ihrem Leben. Eine Leere in ihr selbst, eine Leere zwischen ihr und ihrem Mann. Sie lebten ihren Alltag weiter, kamen ihren Pflichten und ihren Erwartungen nach, lachten manchmal, hatten irgendwann sogar wieder miteinander Sex, aber alles erschien ihr automatisiert, mechanisch. Nur selten sprachen sie von ihm oder erwähnten seinen Namen.
„Ich vermisse ihn", sagte Josef unbedacht und blickte sie an.
„Ich auch", erwiderte sie.
Die Wunden, die noch nicht verheilt waren, waren wieder aufgerissen.
Es ist besser, zu schweigen; besser, einfach nichts zu sagen.

Freunde und Familie fragten nicht mehr nach.
Sie hatten sie bedauert und getröstet. Sie hatten ihre Schuldigkeit getan.
Es würde Zeit brauchen, ja, das versicherten sie ihr, ein paar Wochen, dann wäre sie darüber hinweg, sie würde schon sehen. Und dann? Dann sollte sie sich einfach einen neuen Kater nehmen. Mimi würde sich schon an ihn gewöhnen und ihr, Maria, würde es wieder besser gehen.
Sie nickte nur und bedankte sich, fühlte sich verletzt und unverstanden. Um ihre Trauer gebracht, um ihren Schmerz verraten.
„Und wenn dein Kind stirbt", wollte sie fragen, „lässt

du dir von deinem Mann einfach ein neues machen und dann tut es nicht mehr weh?"

Sie konnte den Satz „Es ist ja nur ein Kater!" nicht mehr hören. Sie wollte diesen stillen Vorwurf in den Augen ihrer Bekannten nicht mehr sehen. Sie hatten leicht reden, da sie alles hatten: Kinder, Hunde, Katzen.

Sie wusste, dass er nur ein Kater war. Doch für sie war er mehr. Für sie, die keine Kinder hatte. Für sie, die jahrelang verzweifelt versucht hatte, ein Kind zu bekommen. Für sie, deren Familie Josef, Mimi und Moritz gewesen waren. Für sie, die in dieser kleinen Familie für einige wenige Jahre glücklich gewesen war.

Was blieb noch?

Nichts. Wenn ihr die Menschen, die sie liebte, nicht einmal mehr ihren Schmerz zugestanden.

Die Chefin war die Einzige, die sich immer wieder erkundigte, wie sie zurechtkam. Die es ehrlich meinte. Bei der sie sich erlauben durfte, ehrlich zu sein.

„Ich weiß es nicht", sagte sie dann.

„Irgendwie geht es weiter. Die Tage vergehen. Eintönig. Und ich warte, dass es besser oder leichter wird. Aber es wird nicht leichter. Ich komme nach der Arbeit heim, gehe ins Wohnzimmer, ganz automatisch, so wie ich es immer getan habe, und für einen kurzen Augenblick ist da wieder diese Hoffnung! Die Hoffnung, dass alle sich irren, die behaupten, sie hätten ihn dort an der Straße liegen gesehen. Und dann ist da wieder dieser Schmerz, diese Leere, dieser Stich ins Herz.

Es ist jetzt Wochen her; und ich sitze im Garten und freue mich, wie alles grün ist und zu blühen begonnen hat. Und ich denke mir, das Leben ist schön, wir können glücklich sein. Und dann fühle ich wieder diese Schwere, diese Trauer, die sich um mich legt. Und nichts ist mehr schön, ich fühle mich gelähmt.
Wir waren glücklich miteinander, Josef und ich, Moritz und Mimi, wir waren wirklich glücklich die letzten Jahre. Dieses Glück aber ist vorbei."
„Und Josef?"
„Ich weiß es nicht. Er lebt sein Leben weiter. Er geht in die Arbeit und kommt abends heim, ist müde und angefressen, beschwert sich über seinen Chef und die Fabrik. Wir reden nicht mehr miteinander, nicht über das, was uns bewegt. Nicht über Moritz. Wir existieren nebeneinander. Manchmal sehe ich ihn an und spüre, dass ich ihn immer noch liebe, dann aber wieder …"
Sie musste nicht mehr sagen.
Sie blickte ihre Chefin an und wusste, dass diese Frau sie verstand.
Kannte sie diese Leere auch, diese Monotonie? Wenn man sich liebte und sich doch nichts mehr zu sagen hatte? Wenn es einfacher war, zu schweigen oder über das Essen und das Wetter zu reden? Da man Angst hatte, den Partner mit seinen Worten zu verletzen, den Schmerz, den man selbst empfand, auch noch in den Augen des anderen zu sehen?

Irgendwann, sie konnte sich nicht mehr genau erinnern,

war sie mitten in der Nacht aufgestanden, wie in Trance in die Küche gegangen, hatte die Lade geöffnet, das Messer herausgenommen und war mit dem Messer in der Hand ins Schlafzimmer zurückgegangen. Stand nur da und blickte auf Josef herab, wie er friedlich im Bett lag und schlief, leise schnarchte.

Sie lebte, wenn sie mit dem Messer in der Hand dastand. Ein kurzer Augenblick von Leben, der ihre Leere durchbrach. Sie spürte, dass noch nicht alles verloren war. Sie spürte noch immer Freiheit, noch immer Macht.

Sie spürte, dass es noch etwas gab, noch eine Hoffnung, die sie zögern ließ.

ENDE

Nachwort

Das karge Mädchen beendet meine *Wirtshaus-Trilogie*.
Ich hatte eine solche nicht geplant.
Als ich *Der Ex-Mensch* fertiggestellt hatte, wusste ich nicht, ob ich jemals wieder einen neuen Text schreiben würde; die Geschichte, die ich hatte erzählen wollen, war erzählt. Die Geschichte eines Vaters, der unter einer Traube von Studenten seinen Sohn zu erkennen glaubt, zu dem er vor Jahren jeden Kontakt verloren hat.
Doch dann, als ich vergangenen Herbst gemeinsam mit meiner Mutter auf dem Friedhof war, fand ich ein neues Bild in mir, eine neue Geschichte, die ich erzählen wollte. Die Geschichte einer Frau, die vor Allerheiligen das Grab ihres Mannes herrichtet. *Die Witfrau* war geboren. Erneut wusste ich nicht, als ich die letzten Worte zu Papier gebracht hatte, ob mein Schreiben damit beendet war.
Dann kam sie zu mir. Eines Nachts, ich konnte wieder einmal nicht schlafen, sah ich so deutlich das Bild jener Frau vor mir, die mit einem Messer in der Hand in der Dunkelheit ihres Schlafzimmers steht und sich über ihren Mann beugt.
Ich wusste, ich musste mir die Geschichte dieser Frau erzählen. *Das karge Mädchen* nahm Gestalt an.

Jede dieser drei Geschichten steht für sich selbst.
Und doch berühren sie sich, manchmal. Das Wirtshaus ist eines jener verbindenden Elemente. So bildet sich auch eine lose Einheit, eine Trilogie.

Eine Trilogie, die nun beendet ist.

Werde ich wieder schreiben?
Ich weiß es nicht.
Alle meine Geschichten erzähle ich mir selbst. Oder ich lasse mir von meinen Figuren ihre Geschichten erzählen, schreibe nieder, was sie mir erzählen.
Erst wenn ich die letzten Worte geschrieben habe, überlege ich, ob ich auch andere Menschen einladen möchte, Teil dieser Geschichten zu werden.
Einige Menschen haben Johannes, die namenlose Witfrau und nun Maria auf ihren Reisen begleitet.
Menschen wie Sie, meine Leserinnen und Leser, und ich danke Ihnen!
Vielleicht werden wir uns eines Tages wieder auf einer neuen Reise begegnen, vielleicht auch nicht. Es wird sich zeigen.

Ich werde noch ein paar Bemerkungen zum Club des Lebens anfügen, dann werde ich aufstehen, Mimi suchen gehen und sie streicheln.

Anmerkungen und Urheberrechte

Der Club des Lebens ist eine Gruppe von jungen Menschen, denen ich vor vielen Jahren, ich war damals noch Student, zum ersten Mal begegnete und denen ich ein ganzes Buch widmen wollte. Eines der vielen Schreibprojekte, die ich nie verwirklicht habe.
Sie verstummten jedoch nicht, wie viele andere meiner Figuren; und plötzlich, als ich Marias Lebensgeschichte entwickelte, klopften sie wieder an meine Tür, eine Flasche Cabernet in der Hand, verrückt, liebenswert.
Ich bin froh, dass sie endlich eine Heimat gefunden haben.
Zur Wahrung der Urheberrechte (und um mich nicht in irgendeiner Weise strafbar zu machen) will ich ihre Namen und deren Herkunft hier noch einmal erklären.

Careto (sprich: Sareto) bildete in der ursprünglichen Gruppe den schillernden Mittelpunkt, und, zugegeben, er nimmt es mir etwas übel, dass er zu einer Randfigur wurde. Dafür ist sein Name aber immer noch einzigartig und von mir erdacht.
Ananda ist ein Begriff der indischen Philosophie, der übersetzt *Glückseligkeit* bedeutet.
Eric lieh sich seinen Namen von der gleichnamigen Figur aus dem Roman *Das Phantom der Oper* von *Gaston Leroux.*
Sibyl Vane ist *Oscar Wildes* Roman *Das Bildnis des Dorian Gray* entliehen.

Cathy ist eine der Hauptfiguren in *Emily Brontës* Meisterwerk *Sturmhöhe/Wuthering Heights*.
Jeannie stammt aus dem Musical *Hair*, wo sie mit ihrem Lied *Air* die Herzen berührt.
Und mit *Pearl* ist natürlich *Janis Joplin* gemeint.
Ich brauchte für Maria eine Ikone, eine zeitlose Identifikationsfigur; eine Stimme, die durch Mark und Bein dringt. Es konnte, auch wenn diese Idee nicht neu ist, einfach nur *Janis Joplin* sein.
Ihre Alben *Cheap Thrills* und *Pearl* werden namentlich erwähnt, ebenso die Lieder *Cry Baby, Try, Work me, Lord* sowie *Me and Bobby McGee.* Aus letzterem wird die berühmt gewordene Zeile *Freedom is just another word for nothing left to lose/Freiheit ist nur ein anderes Wort dafür, nichts mehr zu verlieren zu haben* mehrfach zitiert und paraphrasiert.

Markus J. Hirsch

geboren in Horn, aufgewachsen in Groß Gerungs, lebt seit einigen Jahren in Raabs / Thaya, Studium der Humanmedizin an der Universität Wien, Psychiater in Waidhofen / Thaya.
Während des Studiums entstand der Roman „wirtshauskind", der bis heute unter Verschluss ist.

Bisher verfasst sind die noch unveröffentlichten Gedichtbände: „die furche herz" und „ein krümel leben".

Lesungen im Rahmen der Kulturveranstaltung „Recreate" und Teilnahme an diversen Wettbewerben.

Im Sommer 2019 erfolgte die Veröffentlichung des Romans „Der Ex-Mensch" und im Sommer 2020 die Veröffentlichung der Erzählung „Die Witfrau" im Innsalz Verlag.

Markus J. Hirsch
Die Witfrau
INNSALZ